W0217660

Die Prosa nimmt mich auf in ihre weiten Arme

Verrisse und Visionen
von Heinrich Heine
ausgewählt und kommentiert
von Dolf Oehler

Carl Hanser Verlag

ISBN 3-446-19117-8
Alle Rechte vorbehalten
© 1997 Carl Hanser Verlag München Wien
Einbandentwurf: Peter-Andreas Hassiepen, München
unter Verwendung des Gemäldes
»Le citron« (1880) von Edouard Manet
Druck und Bindung:
Friedrich Pustet, Regensburg
Printed in Germany

»Der Gedanke will Tat,
das Wort will Fleisch werden.«

Das Gejammer war groß unter den Dichtern Europas, als zu Beginn des neunzehnten Jahrhunderts die Einsicht sich durchsetzte, daß die prachtvolle farbenfrohe Welt des Ancien régime endgültig der nüchternen Geldwirklichkeit des schwarzgekleideten Bürgertums würde weichen müssen. Das Zeitalter der Prosa schien angebrochen und in ihm drohte alle Poesie zu etwas unzeitgemäß Romantischem zu verkommen, schlimmer noch: ein Ding der Unmöglichkeit zu werden. Hegel, als dessen Schüler Heinrich Heine sich zeit seines Lebens empfand, zog aus diesem Sachverhalt die unsentimentale Konsequenz, die schönen Künste insgesamt als eine geschichtlich überholte Ausdrucksform des menschlichen Geistes anzusehen. In der Welt der Prosa gewähre der einzelne als ein universell abhängiges Wesen nicht länger »den Anblick der Selbständigkeit und Freiheit, welche für die echte Schönheit erforderlich ist«, heißt es in der Ästhetik. *Zwar räumt Hegel die Möglichkeit, ja Notwendigkeit ein, das Bedürfnis der Freiheit auf dem Boden der Kunst zu realisieren, doch gerade in seinen Bemerkungen zum Roman, der »modernen bürgerlichen Epopöe«, stellt er lapidar fest, »der Konflikt zwischen der Poesie des Herzens und der entgegenstehenden Prosa der Verhältnisse« werde allemal zuungunsten der ersteren gelöst, woraus man folgern kann, daß die Freiheit des Romanhelden letzten Endes in nichts anderem bestehe als darin, sich zur Einsicht in die Notwendigkeit bürgerlicher Prosa durchzuringen. Im Tonfall solcher Feststellungen schwingt eine gewisse ironische Schadenfreude mit, so als mokiere sich Hegel, ähnlich, wie unter anderen Vorzeichen später Marx, einer der radikalen Freunde Heines, über die glühenden Verfechter der Interessen* des Herzens, deren Lehrjahre im allgemeinen damit endeten, daß sie sich die Hörner abliefen, heirateten und Philister würden »so gut wie die Anderen auch«.

Ganz anders der Tonfall des Briefes, in dem der junge Dichter des Buchs der Lieder einem verehrten Kollegen, Wilhelm Müller, ankündigt, er stünde im Begriff, die Poesie mit der Prosa zu vertauschen: »Mit mir selbst (...) hat es als Liederdichter wohl ein Ende, und das mögen sie selbst fühlen. Die Prosa nimmt mich auf in ihre weiten Arme und Sie werden in den nächsten Bänden der Reisebilder viel prosaisch Tolles, Herbes, Verletzendes und Zürnendes lesen. Absonderlich Polemisches. Es ist eine gar zu schlechte Zeit, und wer die Kraft und den freien Mut besitzt, hat auch zugleich die Verpflichtung, ernsthaft in den Kampf zu gehen gegen das Schlechte, das sich so aufbläht, und gegen das Mittelmäßige, das sich so breit macht, so unerträglich breit.« Erstaunlich an dieser Äußerung ist zunächst ihre poetische Form. Wo andere, wie Hegel, abstrakt von Prosa reden und allenfalls von der »ganzen Breite der Prosa im menschlichen Dasein«, stattet Heine die Prosa mit Zügen aus, die bereits an die Allegorie der Freiheit erinnern, so wie Delacroix nach der Julirevolution 1830 sie malen sollte. Heine hat, kaum in Paris angekommen, die auf der Gemäldeausstellung 1831 erstmals gezeigte Liberté guidant le peuple wie folgt beschrieben: »(...) ein jugendliches Weib mit einer roten phrygischen Mütze auf dem Haupte, eine Flinte in der einen Hand und in der anderen eine dreifarbige Fahne. Sie schreitet dahin über Leichen, zum Kampfe auffordernd, entblößt bis zur Hüfte, ein schöner, ungestümer Leib, das Gesicht ein kühnes Profil, frecher Schmerz in den Zügen, eine seltsame Mischung von Phryne, Poissarde und Freiheitsgöttin.« Er hätte hinzufügen können: »von Venus und Mars, von Heros und Superweib«. Sinnlich, beherzt und leicht ironisch wie sie ist, entspricht diese Vision der Freiheit recht genau der Idee der Prosa, die Heine in der zitierten Briefstelle vom Juni 1826 entwarf. Die Prosa gilt *ihm nicht unbedingt als das Medium des gänzlich Negativen und Poesiefernen, genauer gesagt: für ihn ist die Prosa im übertragenen Sinne, jene »jetzige kaltfeuchte Prosa« des schachernden Philistertums, nicht die Wirklichkeit, die allemal das letzte Wort behält. Der Schriftsteller Heine will mit der eigenen Prosa die Prosa der Welt vernichten und aufheben. Neigten manche Zeitgenossen, wie der französische Frühsozialist Toussenel dazu, die Poesie als das Weibliche der Prosa als dem Männlichen schroff gegenüberzustellen, so beinhaltet Heines Vorstellung von Prosa – wie sein Prosastil – eine Verschmelzung der Kräfte, die traditionell als männlich oder weiblich galten, eine Verschmelzung von Vernunft und Leidenschaft, Kopf und Herz, Polemik und Sehnsucht, Begriff und Metapher. Das androgyne Wesen Heinescher Prosa aber macht ihren besonderen Reiz wie ihre besondere Schwierigkeit aus: sie ist schlagend und poetisch zugleich, zielsicher im Zugriff und selber kaum zu fassen, nicht zuletzt wegen ihrer Bildlichkeit und ihrer tänzerischen Beweglichkeit. Diese Prosa benennt, suggeriert, evoziert, sie spielt Katz und Maus mit den Gedanken, den Gegnern, den Gesinnungsgenossen. Sie scheint nichts zu wissen oder wissen zu wollen von der vielbeschworenen »Anstrengung des Begriffs«. Sie scheint Erkenntnis, Erinnerung, Formulierung als lustvolles Spiel des Witzes und der Einbildungskraft zu betreiben; mit ihren Ideenspielen, Anspielungen, Gedankenblitzen scheint sie dem Publikum unentwegt so etwas verschaffen zu wollen wie eine Schaulust des Erkennens, werden doch der Leser oder die Leserin leicht zu gebannten Augenzeugen jenes mutwilligen Liebesaktes zwischen dem Autor und der Prosa, auf den die Briefäußerung an den Griechenmüller vorbereitet hatte. Doch ist das orgiastische Wesen in Heines Stil vom polemischen nicht zu trennen. Daher fallen alle seine Verrisse ebenso maßlos bacchantisch aus wie seine Prophezeiungen immer auch ein Moment des Boshaften enthalten: »Er besaß jene göttliche Bosheit, ohne* die ich mir das Vollkommene nicht zu denken vermag«, schreibt Nietzsche in Ecce homo an der Stelle, wo er auch ausruft: »Und wie er das Deutsche handhabt! Man wird einmal sagen, daß Heine und ich bei weitem die ersten Artisten der deutschen Sprache gewesen sind – in einer unausrechenbaren Entfernung von allem, was bloße Deutsche mit ihr gemacht haben.«

Die Angriffslust wie das Sehertum dienen bei Heine einem politischen Zweck, und dem dient ebenfalls die Lust an der Verkleidung und Verwandlung der Gedanken. Man weiß, daß kaum einer der Vorzüge von Heines Denk- und Schreibweise beim deutschen Publikum auf einhellige Gegenliebe gestoßen ist. »Was wüßte deutsches Hornvieh mit den délicatesses einer solchen Natur anzufangen?«, bringt Nietzsche das Dilemma der Deutschen mit Heine undelikat auf den Punkt. Aber es ist ja nicht nur das Hornvieh gewesen, das an Heines Stil Anstoß nahm und ihn der Frivolität, der Liederlichkeit und anderer undeutscher Untugenden zieh. Sogar ein Feuerkopf wie Karl Kraus, der so sarkastisch »die überwältigende Humorlosigkeit der deutschen Literatur« beklagen konnte, schien von jeglichem Humor und allen guten Geistern verlassen, wenn er auf Heine zu sprechen kam. Dieser habe uns das Feuilleton eingeschleppt, »die Franzosenkrankheit«; er habe die sittenfeste deutsche Sprache so behandelt, wie man ungestraft nur die französische behandeln dürfe, die sich bekanntlich jedem Filou hingebe. Man ahnt, die Gründe des Ressentiments gegen den Exilschriftsteller Heine sind nicht ausschließlich ästhetischer Natur.

Aus Kraus' Verriß spricht die obskurantistische Ablehnung eines Lebensstils, die in Deutschland Tradition hat. Inzwischen hat »deutsches Hornvieh« den aktiven Widerstand gegen Heine aufgegeben und ihn durch das ersetzt, was Klaus Briegleb mit Anspielung auf einen Orakelspruch Golo Manns, Heine gehöre denen, die ihn lieben, »sprunghafte Heine-Liebhaberei« genannt hat. Im Sinne der Konzeption *von Brieglebs epochemachender Ausgabe der Heineschen Schriften ist auch diese Anthologie der Prosa gedacht als ein Korrektiv jener sei es impressionistischen sei es postmodernen Liebhaberei, die alles und jedes aus Heine heraus – und in ihn hineinzulesen vermag. Heine selbst hat immer wieder die Methode seines Schreibens, die Strategien, Gründe und Hintergründe seiner Schreibtechnik erläutert, die auch darin bestand, nicht nur das Publikum, sondern vor allem sich selbst in Widersprüche zu verwickeln. Er hat unermüdlich erklärt, daß die Widersprüche, die man ihm vorhielt, »von der höchsten Konsequenz zeugen würden, wenn man Zeitfolge, Zeitumstände, Zeitbedingungen bedächte – ach, wenn man bedächte, wie die Strategie eines Autors, der für die Sache der europäischen Freiheit kämpft, wunderlich verwikkelt ist, wie seine Taktik allen möglichen Veränderungen unterworfen, wie er heute etwas als äußerst wichtig verfechten muß, was ihm morgen ganz gleichgültig sein kann, wie er heute diesen Punkt, morgen einen anderen zu beschützen oder anzugreifen hat, je nachdem es die Stellung der Gegenpartei, die wechselnden Allianzen, die Siege oder die Niederlagen des Tages erfordern«! An ebendiesen Widersprüchen ist ein Gutteil der Heine-Leser wie der Heine-Forscher bis auf den heutigen Tag irre geworden, nicht nur, weil sie die Zeitumstände ignorierten, sondern auch, weil sie dem Heineschen Witz und seiner Ironie nicht gewachsen waren. Aber vergessen wir nicht, daß die Zahl derer, die ein Interesse daran haben, den allzu witzigen, allzu streitbaren Schriftsteller Heinrich Heine in ihre weiten offenen Arme aufzunehmen und ihn als Klassiker mundtot zu machen, kaum geringer sein dürfte als es zu seinen Lebzeiten die Zahl seiner Feinde war. »Seitdem es nicht mehr Sitte ist, einen Degen an der Seite zu tragen, ist es durchaus nötig, daß man Witz im Kopfe habe.« Aus dieser Maxime des frühen Heine spricht der moderne Citoyen. Allein, welche Obrigkeit – und sei sie selbst durch demokratische Wahlurnen legitimiert – mag sich schon ein Volk von selbstbewußt schlagfertigen Staatsbürgern leisten? Infolgedessen ist und bleibt der arg gefeierte, arg gebeutelte Aufklärer Heine noch immer auf der Suche nach Lesern, die ihm gleichen, die frei, die streitbar genug wären, um ihn ohne Verstellung lieben zu können. In diesem Sinne ist auch unsere Anthologie, um Nietzsche ein letztes Mal zu bemühen, ein* Buch für Alle und Keinen.

In seinen ersten literaturkritischen Versuchen der zwanziger Jahre, die noch ganz den Einfluß Herders und vor allem der Gebrüder Schlegel verraten, schlägt Heine bisweilen Motive an, die für seine eigene Poetik und Schreibweise von ausschlaggebender Bedeutung sein werden. Die folgende Apologie des Witzes liefert ein frühes Beispiel für Heines eigenen. Dieser Heinesche Witz wird, von den Reisebildern *an, zum Markenzeichen des Schriftstellers Heine, so wie die kuriose Volkstümlichkeit seiner Gedichte zu dem des Lyrikers wurde: an ihm scheiden sich die Geister, mehr als an der Politik oder Religion. Allerdings findet zu seinen politischen oder religiösen Aussagen nur Zugang, wer die Streiche dieses Witzes zu deuten weiß. (Heines Haltung zu Wolfgang Menzel wird später in dem Maße kritischer werden, wie dieser sich zum Teutomanen und Franzosenfresser entwickeln wird; cf. Bd. V, u. I., 820.)*

Herr Menzel ist mehr ein enzyklopädischer Kopf als ein synthetisch wissenschaftlicher. Da ihn aber sein Willen zur Wissenschaftlichkeit drängt, so finden wir in seinem Buche eine seltsame Vereinigung seiner Naturanlage mit seinem vorgefaßten Streben. Die Gegenstände entsteigen daher nicht aus einem einzigen innersten Prinzip, sie werden vielmehr nach einem geistreichen Schematismus einzeln abgehandelt, aber doch ergänzend, so daß das Buch ein schönes, gerundetes Ganze bildet.

In dieser Hinsicht gewinnt vielleicht das Buch für das große Publikum, dem die Übersicht erleichtert wird, und das auf jeder Seite etwas Geistreiches, Tiefgedachtes und Anziehendes findet, welches nicht erst auf ein letztes Prinzip bezogen werden muß, sondern an und für sich schon seinen vollgültigen Wert hat. Der Witz, den man in Menzelschen Geistesprodukten zu suchen berechtigt ist, wird durchaus nicht vermißt, er erscheint um so würdiger, da er nicht mit sich selbst kokettiert, sondern nur der Sache wegen hervortritt – obgleich sich nicht leugnen läßt, daß er Herrn Menzel oft dazu dienen muß, die Lücken seines Wissens zu stopfen. H. M. ist unstreitig einer der witzigsten Schriftsteller Deutschlands, er kann seine Natur nicht verleugnen, und möchte er auch, alle witzigen Einfälle ablehnend, in einem steifen Perückentone dozieren, so überrascht ihn wenigstens der Ideenwitz, und diese Witzart, eine Verknüpfung von Gedanken, die sich noch nie in einem Menschenkopfe begegnet, eine wilde Ehe zwischen Scherz und Weisheit, ist vorherrschend in dem Menzelschen Werke. Nochmals rühmen wir des Vfrs. Witz, um so mehr, da es viele trockene Leute in der Welt gibt, die den Witz gern proskribieren möchten, und man täglich hören kann, wie Pantalon sich gegen diese niedrigste Seelenkraft, den Witz, zu ereifern weiß, und als guter Staatsbürger und Hausvater die Polizei auffordert ihn zu verbieten. Mag immerhin der Witz zu den niedrigsten Seelenkräften gehören, so glauben wir doch, daß er sein Gutes hat. Wir wenigstens möchten ihn nicht entbehren. Seitdem es nicht mehr Sitte ist, einen Degen an der Seite zu tragen, ist es durchaus nötig, daß man Witz im Kopfe habe. Und sollte man auch so überlaunig sein, den Witz nicht bloß als notwendige Wehr, sondern sogar als Angriffswaffe zu gebrauchen, so werdet darüber nicht allzu sehr aufgebracht, Ihr edlen Pantalone des deutschen Vaterlandes! Jener Angriffswitz, den Ihr Satire nennt, hat seinen guten Nutzen in dieser schlechten, nichtsnutzigen Zeit. Keine Religion ist mehr im Stande, die Lüste der kleinen Erdenherrscher zu zügeln, sie verhöhnen Euch ungestraft und ihre Rosse zertreten Eure Saaten, Eure Töchter hungern und verkaufen ihre Blüten dem schmutzigen Parvenü, alle Rosen dieser Welt werden die Beute eines windigen Geschlechts von Stockjobbern und bevorrechteten Lakaien, und vor dem Übermut des Reichtums und der Gewalt schützt Euch nichts – als der Tod und die Satire.

Das Berlin, das der Student Heine zwischen April 1821 und Mai 1823 erlebt, ist eine paradoxe Metropole, in dem das Borniertest-Zopfigste und das Aufgeklärtest-Kosmopolitische nebeneinander bestehen: der Salon der Rahel Varnhagen, die Universität Humboldts mit dem Mittelpunkt Hegel, als dessen Schüler Heine sich zunehmend empfindet, der »Verein für Kultur und Wissenschaft der Juden«, dem er beitritt und in dem er sich Freunde macht, neben preußischem Drill, preußischem Adelsdünkel, preußischer Zensur, die Heine später noch ungleich schmerzhafter kennenlernen sollte als den nur philiströsen Nationalismus. Gegen letzteren zieht er in folgendem Passus zu Felde.

Aus Heines 1822 für den »Rheinisch-Westfälischen Anzeiger« geschriebenen Korrespondenzberichten ein kurzes Beispiel. Es klingen die drei Briefe aus Berlin, *in denen freilich Hegel, Rahel u. a. ausgeklammert bleiben, wie Fingerübungen für die großen Reportagen aus Paris, und in der Tat denkt Heine bereits jetzt daran, sich in Paris niederzulassen, um europäische Bücher zu schreiben und eine europäische Reputation zu erlangen (cf. I, 692).*

Sie sehen, Theodor Körners Gedichte werden noch immer gesungen. Freilich nicht in den Kreisen des guten Geschmacks, wo man es sich schon laut gestanden: daß es ein besonderes Glück war, daß Anno 1814 die Franzosen kein Deutsch verstanden, und nicht lesen konnten jene faden, schalen, flachen, poesielosen Verse, die uns gute Deutsche so sehr enthusiasmierten. Aber diese Befreiungsverse werden noch oft deklamiert und gesungen in jenen gemütlichen Kränzchen, wo man sich des Winters wärmt an dem unschuldigen Strohfeuer, das in diesen patriotischen Liedern knistert; und wie der greise Schimmel des großen Friedrichs wieder jugendlich sich bäumte, und das ganze Manöver machte, wenn er eine Trompete hörte, so steigt das Hochgefühl mancher Berlinerin, wenn sie ein Körnersches Lied hört; sie legt die Hand graziöse auf den Busen, quietscht einen bodenlosen Wonneseufzer, erhebt sich mutig wie Johanna von Montfaucon, und spricht: »Ich bin eine deutsche Jungfrau.«

Ich merke, mein Lieber, Sie sehen mich etwas sauer an wegen des bittern, spottenden Tones, womit ich zuweilen von Dingen spreche, die andern Leuten teuer sind und teuer sein sollen. Ich kann aber nicht anders. Meine Seele glüht zu sehr für die wahre Freiheit, als daß mich nicht der Unmut ergreifen sollte, wenn ich unsere winzigen, breitschwatzenden Freiheitshelden in ihrer aschgrauen Armseligkeit betrachte; in meiner Seele lebt zu sehr Liebe für Deutschland und Verehrung deutscher Herrlichkeit, als daß ich einstimmen könnte in das unsinnige Gewäsche jener Pfenningsmenschen, die mit dem Deutschtume kokettieren; und zu mancher Zeit regt sich in mir fast krampfhaft das Gelüste, mit kühner Hand der alten Lüge den Heiligenschein vom Kopfe zu reißen, und den Löwen selbst an der Haut zu zerren, – weil ich einen Esel darunter vermute.

In der Harzreise *zeigt sich erstmals der Ironiker Heine im Vollbesitz seiner satirischen Kräfte, die Schere der Zensur wirkt wie eine Stimulanz auf sein Talent: der die Göttinger Universität, die ihn wegen einer Duellaffäre relegiert hatte, wo er aber sein Jurastudium mit Doktorexamen beendete, unsterblich blamiert durch die Art, wie er ihre akademische Würde mit dem Unwürdigsten, dem Dümmsten und Schmutzigsten zusammenbringt. Die* Harzreise, *die* Reisebilder *insgesamt, die Heines europäischen Ruhm als Prosaschriftsteller begründen, bilden eine Hauptquelle für Freuds Buch über den Witz. Niemand hat besser, genauer als Freud die Technik des Heineschen Witzes beschrieben, dieses Witzes, der sich von dem seines großen Vorgängers Lichtenberg, Freuds anderem Kronzeugen aus der Göttinger Universitätsszene, durch die größere Aggressivität unterscheidet. Um dieser Aggressivität willen wird er Deutschland schließlich den Rücken kehren müssen – Lichtenberg durfte zeitlebens in Göttingen bleiben – und auch von Deutschland, so wie hier von Göttingen, hätte Heine sagen können, es gefalle einem am besten, wenn man es mit dem Rücken ansieht.*

Die Stadt Göttingen, berühmt durch ihre Würste und Universität, gehört dem Könige von Hannover, und enthält 999 Feuerstellen, diverse Kirchen, eine Entbindungsanstalt, eine Sternwarte, einen Karzer, eine Bibliothek und einen Ratskeller, wo das Bier sehr gut ist. Der vorbeifließende Bach heißt »die Leine« und dient des Sommers zum Baden; das Wasser ist sehr kalt und an einigen Orten so breit, daß Lüder wirklich einen großen Anlauf nehmen mußte, als er hinüber sprang. Die Stadt selbst ist schön, und gefällt einem am besten, wenn man sie mit dem Rükken ansieht. Sie muß schon sehr lange stehen; denn ich erinnere mich, als ich vor fünf Jahren dort immatrikuliert und bald darauf konsiliiert wurde, hatte sie schon dasselbe graue, altkluge Ansehen, und war schon vollständig eingerichtet mit Schnurren, Pudeln, Dissertationen, Teedansants, Wäscherinnen, Kompendien, Taubenbraten, Guelfenorden, Promotionskutschen, Pfeifenköpfen, Hofräten, Justizräten, Relegationsräten, Profaxen und anderen Faxen. Einige behaupten sogar, die Stadt sei zur Zeit der Völkerwanderung erbaut worden, jeder deutsche Stamm habe damals ein ungebundenes Exemplar seiner Mitglieder darin zurückgelassen, und davon stammten all die Vandalen, Friesen, Schwaben, Teutonen, Sachsen, Thüringer usw., die noch heut zu Tage in Göttingen, hordenweis, und geschieden durch Farben der Mützen und der

Pfeifenquäste, über die Weenderstraße einherziehen, auf den blutigen Walstätten der Rasenmühle, des Ritschenkrugs und Bovdens sich ewig unter einander herumschlagen, in Sitten und Gebräuchen noch immer wie zur Zeit der Völkerwanderung dahinleben, und teils durch ihre Duces, welche Haupthähne heißen, teils durch ihr uraltes Gesetzbuch, welches Comment heißt und in den legibus barbarorum eine Stelle verdient, regiert werden.

Im allgemeinen werden die Bewohner Göttingens eingeteilt in Studenten, Professoren, Philister und Vieh; welche vier Stände doch nichts weniger als streng geschieden sind. Der Viehstand ist der bedeutendste. Die Namen aller Studenten und aller ordentlichen und unordentlichen Professoren hier herzuzählen, wäre zu weitläuftig; auch sind mir in diesem Augenblick nicht alle Studentennamen im Gedächtnisse, und unter den Professoren sind manche, die noch gar keinen Namen haben. Die Zahl der Göttinger Philister muß sehr groß sein, wie Sand, oder besser gesagt, wie Kot am Meer; wahrlich, wenn ich sie des Morgens, mit ihren schmutzigen Gesichtern und weißen Rechnungen, vor den Pforten des akademischen Gerichtes aufgepflanzt sah, so mochte ich kaum begreifen, wie Gott nur so viel Lumpenpack erschaffen konnte.

Heine contra Platen: Ein makabres Kapitel deutscher Dichterzerfleischung. Der eine verhöhnt den andern, weil er ein Jude ist, der zahlt es ihm heim, indem er den Homosexuellen aufs perfideste bloßstellt. Die antisemitische Häme Platens war kurz und plump, kein eigentliches Pamphlet, ein paar penetrante Anspielungen in einer verunglückten Komödie (vgl. II, 832). Doch Heine zahlt dem Grafen nicht nach dem jüdischen Talion heim, sondern gemäß dem christlichen Grundsatz, daß geben seliger als nehmen sei. Nach Platens

Romantischem Ödipus *kräht lange schon kein Hahn mehr, sowenig wie nach Immermanns bei Heine abgedruckten Xenien, die den Streit auslösten; aber Heines Platen-Verriß hat nichts von seiner schrecklichen Lebendigkeit und Virulenz eingebüßt. Versuchte Platen, Heines Ehre gleichsam vom Samen her abzuschneiden – »Dies sing ich dir, mein Heine, Samen Abrahams« – so packt Heine den Grafen zweideutig-eindeutig genug beim Geschlecht. Auch sonst liebt er in seinen Polemiken die infame sexuelle Anspielung, er liebt es, seine männlichen Widersacher als Weiber, die weiblichen als Mannweiber darzustellen, aber nie treibt er sein Spiel so weit wie hier. Seine Niedertracht entwertet diesen Angriff zwar in moralischer, nicht aber auch in literarischer und literaturkritischer Beziehung. Was er an dem Menschen Platen denunziert, hat seine treuen Leser nicht zu Unrecht gegen Heine selbst aufgebracht, vor allem die unvergleichlich virtuose Art seiner Denunziation; was er hingegen an dem Dichter auszusetzen findet, ist durchaus bedenkenswert und ließe sich auch auf andere Dichter, die ostentativ ihr eigenes Künstlertum zelebrieren, anwenden (II, 449-70). Auch der Spott über die heuchlerische Art Platens, seinen Antisemitismus zugleich zu äußern und in den Grenzen des guten Geschmacks zu halten, trifft ästhetisch wie politisch ins Schwarze. Im Gegenzug demonstriert Heine mit schrecklichem Witz, wie man es anzustellen hat, wenn man Juden oder Homosexuelle ganz kunstgerecht abschlachten will, »Entsetze dich nicht, lieber Leser, es ist alles nur Scherz«.*

Was mich betrifft, lieber Leser, so bin ich nicht so boshaft, wie Du denkst, ich bemitleide den armen Grafen, wenn ihn andere verhöhnen, ich zweifle, daß er sich an der verhaßten »Sitte« tätlich gerächt habe, obgleich er in seinen Liedern schmachtet, sich solcher Rache hinzugeben; ich glaube vielmehr an die verletzenden Kränkungen, beleidigenden Zurücksetzungen und Abweisungen, wovon er selbst so rührend singt. Ich bin überzeugt, er betrug sich gegen die Sitten überhaupt weit löblicher, als ihm selber lieb war, und er kann vielleicht, wie General Tilly, von sich rühmen: Ich war nie berauscht, ich habe nie ein Weib berührt und habe nie eine Schlacht verloren. Deshalb gewiß sagt von ihm der Dichter: »Du bist ein nüchterner, modester Junge.«

Der arme Junge, oder vielmehr der arme alte Junge – denn er hatte schon einige Lustren hinter sich – hockte damals, wenn ich nicht irre, auf der Universität in Erlangen, wo man ihm einige Beschäftigung angewiesen hatte; doch da diese seinem hochstrebenden Geiste nicht genügte, da mit den Lustren auch die Lüsternheit nach illüstrer Lust ihn mehr und mehr stachelte, und der Graf von seiner künftigen Herrlichkeit täglich mehr und mehr begeistert wurde, gab er jedes Geschäft auf, und beschloß, von der Schriftstellerei, von gelegentlichen Gaben von oben und einigen sonstigen Verdiensten zu leben. Die Grafschaft des Grafen liegt nämlich im Monde, von wo er, wegen der schlechten Kommunikation mit Bayern, nach Gruithuisens Berechnung, erst in 20 000 Jahren, wenn der Mond dieser Erde näher kommt, seine ungeheuern Revenuen beziehen kann.

Im folgenden Text – Verschiedenartige Geschichtsauffassung – *definiert Heine seine Position zwischen den konservativen oder gar reaktionären Anhängern einer zyklischen Geschichtsauffassung und den militanten Fürsprechern der Fortschrittsidee. Von ersteren distanziert er sich sarkastisch, von letzteren diplomatisch-sympathetisch, und dies mit einer hier überraschenden Wendung: er beruft sich auf das Recht zum Leben, das Recht des einzelnen auf eine eigene erfüllte Gegenwart.*

Das Buch der Geschichte findet mannigfaltige Auslegungen. Zwei ganz entgegengesetzte Ansichten treten hier besonders hervor. – Die einen sehen in allen irdischen Dingen nur einen trostlosen Kreislauf; im Leben der Völker wie im Leben der Individuen, in diesem, wie in der organischen Natur überhaupt, sehen sie ein Wachsen, Blühen, Welken und Sterben: Frühling, Sommer, Herbst und Winter. »Es ist nichts Neues unter der Sonne!« ist ihr Wahlspruch; und selbst dieser ist nichts Neues, da schon vor zwei Jahrtausenden der König des Morgenlandes ihn hervorgeseufzt. Sie zucken die Achsel über unsere Zivilisation, die doch endlich wieder der Barbarei weichen werde; sie schütteln den Kopf über unsere Freiheitskämpfe, die nur dem Aufkommen neuer Tyrannen förderlich seien; sie lächeln über alle Bestrebungen eines politischen Enthusiasmus, der die Welt besser und glücklicher machen will, und der doch am Ende erkühle und nichts gefruchtet; – in der kleinen Chronik von Hoffnungen, Nöten, Mißgeschicken, Schmerzen und Freuden, Irrtümern und Enttäuschungen, womit der einzelne Mensch sein Leben verbringt, in dieser Menschengeschichte sehen sie auch die Geschichte der Menschheit. In Deutschland sind die Weltweisen der historischen Schule und die Poeten aus der Wolfgang Goetheschen Kunstperiode ganz eigentlich dieser Ansicht zugetan, und letztere pflegen damit einen sentimentalen Indifferentismus gegen alle politischen Angelegenheiten des Vaterlandes allersüßlichst zu beschönigen. Eine zur Genüge wohlbekannte Regierung in Norddeutschland weiß ganz besonders diese Ansicht zu schätzen, sie läßt ordentlich Menschen darauf reisen, die unter den elegischen Ruinen Italiens die gemütlich beschwichtigenden Fatalitätsgedanken in sich ausbilden sollen, um nachher, in Gemeinschaft mit vermittlenden Predigern christlicher Unterwürfigkeit, durch kühle Journalaufschläge das dreitägige Freiheitsfieber des Volkes zu dämpfen. Immerhin, wer nicht durch freie Geisteskraft emporsprießen kann, der mag am Boden ranken; jener Regierung aber wird die Zukunft lehren, wie weit man kommt mit Ranken und Ränken.

Der oben besprochenen, gar fatalen fatalistischen Ansicht steht eine lichtere entgegen, die mehr mit der Idee einer Vorsehung verwandt ist, und wonach alle irdischen Dinge einer schönen Vervollkommenheit entgegenreifen, und die großen Helden und Heldenzeiten nur Staffeln sind zu einem höheren gottähnlichen Zustande des Menschengeschlechtes, dessen sittliche und politische Kämpfe endlich den heiligsten Frieden, die reinste Verbrüderung, und die ewigste Glückseligkeit zur Folge haben. Das goldne Zeitalter, heißt es, liege nicht hinter uns, sondern vor uns; wir seien nicht aus dem Paradiese vertrieben mit einem flammenden Schwerte, sondern wir müßten es erobern durch ein flammendes Herz, durch die Liebe; die Frucht der Erkenntnis gebe uns nicht den Tod, sondern das ewige Leben. – »Zivilisation« war lange Zeit der Wahlspruch bei den Jüngern solcher Ansicht. In Deutschland huldigte ihr vornehmlich die Humanitätsschule. Wie bestimmt die sogenannte philosophische Schule dahinzielt, ist männiglich bekannt. Sie war den Untersuchungen politischer Fragen ganz besonders förderlich, und als höchste Blüte dieser Ansicht predigt man eine idealische Staatsform, die, ganz basiert auf Vernunftgründen, die Menschheit in letzter Instanz veredeln und beglücken soll. – Ich brauche wohl die begeisterten Kämpen dieser Ansicht nicht zu nennen. Ihr Hochstreben ist jedenfalls erfreulicher, als die kleinen Windungen niedriger Ranken; wenn wir sie einst bekämpfen, so geschehe es mit dem kostbarsten Ehrenschwerte, während wir einen rankenden Knecht nur mit der wahlverwandten Knute abfertigen werden.

Beide Ansichten, wie ich sie angedeutet, wollen nicht recht mit unseren lebendigsten Lebensgefühlen übereinklingen; wir wollen auf der einen Seite nicht umsonst begeistert sein und das Höchste setzen an das unnütz Vergängliche; auf der anderen Seite wollen wir auch, daß die Gegenwart ihren Wert behalte, und daß sie nicht bloß als Mittel gelte, und die Zukunft ihr Zweck sei. Und in der Tat, wir fühlen uns wichtiger gestimmt, als daß wir uns nur als Mittel zu einem Zweck betrachten möchten; es will uns überhaupt bedünken, als seien Zweck und Mittel nur konventionelle Begriffe, die der Mensch in die Natur und in die Geschichte hineingegrübelt, von denen aber der Schöpfer nichts wußte, indem jedes Erschaffnis sich selbst bezweckt und jedes Ereignis sich selbst bedingt, und alles, wie die Welt selbst, seiner selbst willen da ist und geschieht. – Das Leben ist weder Zweck noch Mittel; das Leben ist ein Recht. Das Leben will dieses Recht geltend machen gegen den erstarrenden Tod, gegen die Vergangenheit, und dieses Geltendmachen ist die Revolution. Der elegische Indifferentismus der Historiker und Poeten soll unsere Energie nicht lähmen bei diesem Geschäfte; und die Schwärmerei der Zukunftbeglücker soll uns nicht verleiten, die Interessen der Gegenwart und das zunächst zu verfechtende Menschenrecht, das Recht zu leben, aufs Spiel zu setzen. – Le pain est le droit du peuple, sagte Saint-Just, und das ist das größte Wort, das in der ganzen Revolution gesprochen worden.

Als Berichterstatter über die jährlichen Pariser Gemäldeausstellungen knüpfte der Neuankömmling Heine gleich an eine große französische Tradition an. Aus heutiger Sicht behaupten sich seine Französischen Maler *durchaus zwischen Diderot und Baudelaire, den beiden bedeutendsten Exponenten der literarisch-philosophischen Kunstkritik. Das Glück stand Heine hier zur Seite, denn der Salon von 1831 markiert einen Höhepunkt der französischen Malerei; er enthielt weit bedeutendere Gemälde als etwa die Ausstellung, über die fünfzehn Jahre später der junge Baudelaire zu berichten hatte, allen voran Eugène Delacroix'* Liberté sur les Barricades, *der Heine einen bemerkenswerten Kommentar widmet. Seine Berichterstattung besticht durch die raffinierte Technik der Überblendung von real gesehener Malerei und z. T. visionär wahrgenommener Tagespolitik wie Menschheitsgeschichte, wobei das Erleiden von Politik und Menschenelend das Erlebnis der Kunst und ihren Genuß halluzinatorisch verändert. Im Angesicht der damals neuesten Kunstproduktion, den Schrei der Straße im Ohr und die Tragödie des Einmarschs der Russen in Warschau im Sinn, stellt Heine die Frage, ob das greise Europa sich wieder werde verjüngen können. Die Wiedergeburt traut er keiner anderen Nation zu als den ob ihrer Flatterhaftigkeit in Deutschland mitunter verpönten Franzosen. Das Schmetterlingsverhalten ist für den Menschen wie für den Künstler Heine, ähnlich wie für seinen Zeitgenossen, den utopischen Sozialisten Charles Fourier, eine Tugend, ein Garant der Erneuerung. Von der neuen Zeit aber erwartet er, daß sie auch »eine neue Kunst gebären« werde, eine Kunst mit neuen Symbolen und neuen Techniken.*

»Do you not think, Sir, that the guillotine is a great improvement?« das waren die gequäkten Worte, womit ein Brite, der hinter mir stand, die Empfindungen unterbrach, die ich eben niedergeschrieben, und die so wehmütig meine Seele erfüllten, während ich Karls Halswunde auf dem Bilde von Delaroche betrachtete. Sie ist etwas allzugrell blutig gemalt. Auch ist der Deckel des Sarges ganz verzeichnet und gibt diesem das Ansehen eines Violinkastens. Im übrigen ist aber das Bild ganz unübertrefflich meisterhaft gemalt, mit der Feinheit des van Dyck und mit der Schattenkühnheit des Rembrandt; es erinnert mich namentlich an die republikanischen Kriegergestalten auf dem großen historischen Gemälde des letztern, die Nachtwache, die ich im Trippenhuis zu Amsterdam gesehen. 〈...〉

Ach! wohl tut es Not, daß die liebe, unverwüstliche, melodische Geschichte der Menschheit unsere Seele tröste in dem mißtönenden Lärm der Weltgeschichte. Ich höre in diesem Augenblick da draußen, dröhnender, betäubender als jemals, diesen mißtönenden Lärm, dieses sinnenverwirrende Getöse; es zürnen die Trommeln, es klirren die Waffen, ein empörtes Menschenmeer, mit wahnsinnigen Schmerzen und Flüchen, wälzt sich durch die Gassen das Volk von Paris und heult: »Warschau ist gefallen! Unsere Avantgarde ist gefallen! Nieder mit den Ministern! Krieg den Russen! Tod den Preußen!« – Es wird mir schwer, ruhig am Schreibtische sitzenzubleiben und meinen armen Kunstbericht, meine friedliche Gemäldebeurteilung, zu Ende zu schreiben. Und dennoch, gehe ich hinab auf die Straße und man erkennt mich als Preußen, so wird mir von irgend einem Julihelden das Gehirn eingedrückt, so daß alle meine Kunstideen zerquetscht werden; oder ich bekomme einen Bajonettstich in die linke Seite, wo jetzt das Herz schon von selber blutet, und vielleicht obendrein werde ich in die Wache gesetzt als fremder Unruhstörer.

Bei solchem Lärm verwirren und verschieben sich alle Gedanken und Bilder. Die Freiheitsgöttin von Delacroix tritt mir mit ganz verändertem Gesichte entgegen, fast mit Angst in dem wilden Auge. Mirakulöse verändert sich das Bild des Papstes von Vernet: der alte schwächliche Statthalter Christi sieht auf einmal so jung und gesund aus und erhebt sich lächelnd auf seinem Sessel, und es ist, als ob seine starken Träger das Maul aufsperrten zu einem »Te deum laudamus«. Auch der tote Karl bekommt ein ganz anderes Gesicht und verwandelt sich plötzlich, und wenn ich genauer hinschaue, so liegt kein König, sondern das ermordete Polen in dem schwarzen Sarge, und davor steht nicht mehr Cromwell, sondern der Zar von Rußland, eine adlige, reiche Gestalt, ganz so herrlich, wie ich ihn vor einigen Jahren zu Berlin gesehen, als er neben dem Könige von Preußen auf dem Balkone stand und diesem die Hand küßte. Dreißigtausend schaulustige Berliner jauchzten Hurrah, und ich dachte in meinem Herzen: Gott sei uns allen gnädig! Ich kannte ja das sarmatische Sprichwort: die Hand, die man noch nicht abhauen will, die muß man küssen. – –

Ach! ich wollte der König von Preußen hätte sich auch hier an die linke Hand küssen lassen, und hätte mit der rechten Hand das Schwert ergriffen und dem gefährlichsten Feinde des Vaterlands so begegnet, wie es Pflicht und Gewissen verlangten. Haben sich diese Hohenzollern die Vogtwürde des Reiches im Norden angemaßt, so mußten sie auch seine Marken sichern gegen das herandrängende Rußland. Die Russen sind ein braves Volk, und ich will sie gern achten und lieben; aber seit dem Falle Warschaus, der letzten Schutzmauer, die uns von ihnen getrennt, sind sie unseren Herzen so nahe gerückt, daß mir Angst wird.

Ich fürchte, wenn uns jetzt der Zar von Rußland wieder besucht, dann ist an uns die Reihe ihm die Hand zu küssen – Gott sei uns allen gnädig!

Gott sei uns allen gnädig! Unsere letzte Schutzmauer ist gefallen, die Göttin der Freiheit erbleicht, unsere Freunde liegen zu Boden, der römische Großpfaffe erhebt sich boshaft lächelnd, und die siegende Aristokratie steht triumphierend an dem Sarge des Volkstums. ⟨...⟩

Ich vermochte gestern dennoch, an diesem Berichte weiterzuschreiben, nachdem ich einmal unterdessen nach den Boulevards gegangen war, wo ich einen todblassen Menschen vor Hunger und Elend niederfallen sah. Aber wenn auf einmal ein ganzes Volk niederfällt, an den Boulevards von Europa – dann ist es unmöglich, ruhig weiterzuschreiben. Wenn die Augen des Kritikers von Tränen getrübt werden, ist auch sein Urteil wenig mehr wert.

Mit Recht klagen die Künstler in dieser Zeit der Zwietracht, der allgemeinen Befehdung. Man sagt, die Malerei bedürfe des friedlichen Ölbaumes in jeder Hinsicht. Die Herzen, die ängstlich lauschen, ob nicht die Kriegstrompete erklingt, haben gewiß nicht die gehörige Aufmerksamkeit für die süße Musik. Die Oper wird mit tauben Ohren gehört, das Ballett sogar wird nur teilnahmlos angeglotzt. Und daran ist die verdammte Julirevolution schuld, seufzen die Künstler, und sie verwünschen die Freiheit und die leidige Politik, die alles verschlingt, so daß von ihnen gar nicht mehr die Rede ist.

Wie ich höre – aber ich kanns kaum glauben – wird sogar in Berlin nicht mehr vom Theater gesprochen, und der »Morning Chronicle«, der gestern berichtet, daß die Reformbill im Unterhause durchgegangen sei, erzählt bei dieser Gelegenheit, daß der Doktor Raupach sich jetzt in Baden-Baden befinde und über die Zeit jammere, weil sein Kunsttalent dadurch zu Grunde gehe.

Ich bin gewiß ein großer Verehrer des Doktor Raupach, ich bin immer ins Theater gegangen, wenn die »Schülerschwänke«, oder die »Sieben Mädchen in Uniform«, oder »Das Fest der Handwerker«, oder sonst ein Stück von ihm gegeben wurde; aber ich kann doch nicht leugnen, daß der Untergang Warschaus mir weit mehr Kummer macht, als ich vielleicht empfinden würde, wenn der Doktor Raupach mit seinem Kunsttalente unterginge. O Warschau! Warschau! nicht für einen ganzen Wald von Raupachen hätte ich dich hingegeben!

Meine alte Prophezeiung von dem Ende der Kunstperiode, die bei der Wiege Goethes anfing und bei seinem Sarge aufhören wird, scheint ihrer Erfüllung nahe zu sein. Die jetzige Kunst muß zu Grunde gehen, weil ihr Prinzip noch im abgelebten, alten Regime, in der heiligen römischen Reichsvergangenheit wurzelt. Deshalb, wie alle welken Überreste dieser Vergangenheit, steht sie im unerquicklichsten Widerspruch mit der Gegenwart. Dieser Widerspruch und nicht die Zeitbewegung selbst ist der Kunst so schädlich; im Gegenteil, diese Zeitbewegung müßte ihr sogar gedeihlich werden, wie einst in Athen und Florenz, wo eben in den wildesten Kriegs- und Parteistürmen die Kunst ihre herrlichsten Blüten entfaltete. Freilich, jene griechischen und florentinischen Künstler führten kein egoistisch isoliertes Kunstleben, die müßig dichtende Seele hermetisch verschlossen gegen die großen Schmerzen und Freuden der Zeit; im Gegenteil, ihre Werke waren nur das träumende Spiegelbild ihrer Zeit, und sie selbst waren ganze Männer, deren Persönlichkeit ebenso gewaltig wie ihre bildende Kraft; Phidias und Michelangelo waren Männer aus einem Stück, wie ihre Bildwerke, und wie diese zu ihren griechischen und katholischen Tempeln paßten, so standen jene Künstler in heiliger Harmonie mit ihrer Umgebung; sie trennten nicht ihre Kunst von der Politik des Tages, sie arbeiteten nicht mit kümmerlicher Privatbegeisterung, die sich leicht in jeden beliebigen Stoff hineinlügt; Äschylus hat die »Perser« mit derselben Wahrheit gedichtet, womit er zu Marathon gegen sie gefochten, und Dante schrieb seine Komödie nicht als stehender Kommissionsdichter, sondern als flüchtiger Guelfe, und in Verbannung und Kriegsnot klagte er nicht über den Untergang seines Talentes, sondern über den Untergang der Freiheit.

Indessen, die neue Zeit wird auch eine neue Kunst gebären, die mit ihr selbst in begeistertem Einklang sein wird, die nicht aus der verblichenen Vergangenheit ihre Symbolik zu borgen braucht, und die sogar eine neue Technik, die von der seitherigen verschieden, hervorbringen muß. Bis dahin möge, mit Farben und Klängen, die selbsttrunkenste

Subjektivität, die weltentzügelte Individualität, die gottfreie Persönlichkeit mit all ihrer Lebenslust sich geltend machen, was doch immer ersprießlicher ist, als das tote Scheinwesen der alten Kunst.

Oder hat es überhaupt mit der Kunst und mit der Welt selbst ein trübseliges Ende? Jene überwiegende Geistigkeit, die sich jetzt in der europäischen Literatur zeigt, ist sie vielleicht ein Zeichen von nahem Absterben, wie bei Menschen, die in der Todesstunde plötzlich hellsehend werden und mit verbleichenden Lippen die übersinnlichsten Geheimnisse aussprechen? Oder wird das greise Europa sich wieder verjüngen, und die dämmernde Geistigkeit seiner Künstler und Schriftsteller ist nicht das wunderbare Ahnungsvermögen der Sterbenden, sondern das schaurige Vorgefühl einer Wiedergeburt, das sinnige Wehen eines neuen Frühlings?

Die Vorrede zu den Französischen Zuständen *ist einer der gewaltigsten Prosatexte Heines überhaupt. Die Hammerschläge Wittenbergs hallen in ihm wider, und wir ahnen, wie Heines Bekenntnis zum Protestantismus eigentlich aufzufassen sei: hier tritt ein neuer weltlicher Luther auf, der mit der deutsch-preußischen Heuchelei unerbittlich ins Gericht geht, allerdings von jenseits des Rheines aus, vom vergleichsweise sicheren, doch immer schwankenden Boden des Exils. Heines Hamburger Verleger Campe warnte vergeblich vor einer unzensierten Veröffentlichung der* Vorrede, *von der er wußte, daß sie ihrem Verfasser jeden Rückweg nach Deutschland abschneiden würde, ja daß sie das Erscheinen Heinescher Werke in Deutschland grundsätzlich in Frage stellen könnte. Die* Vorrede *erschien bei einem anderen Verlag, und das Verhängnis nahm seinen Lauf: Verbote, Verfolgungen, Verhöre aller Verleger, deren Preußen habhaft werden konnte.*

Eine Weile dachte Heine sogar, er müsse sich vor preußischer Rankine nach England retten. Der Ton dieser Anklage gegen Preußen als den Haupturheber der neuen Bundestagsbeschlüsse, ist zugleich scharf und geschmeidig: erhaben wie der des Propheten, ätzend wie der des Satirikers und des Berufsjuristen, biegsam wie der des Journalisten; ihre Bilder wechseln von der Vision zur Allegorie oder zur Karikatur. Grandios die Schlußpassage über die Narretei des deutschen Volkes, das Heine, inspiriert von Sagen, von Rabelais und von Swift, als eine Art Bastard verschiedener literarischer Riesengeschlechter vorstellt. Wie volkstümlich dieser Text geworden ist, bekamen die herrschenden Tartüffe der alten DDR zu spüren, als ihr Volk ihnen den darin aufgegriffenen biblischen Wahlspruch »Schwerter zu Pflugscharen« protestantisch keck entgegenschleuderte. Zur innigen Freude der Tartüffe westlicher Prägung.

Vorrede

»Diejenigen, welche lesen können, werden in diesem Buche von selbst merken, daß die größten Gebrechen desselben nicht meiner Schuld beigemessen werden dürfen, und diejenigen, welche nicht lesen können, werden gar nichts merken.« Mit diesen einfachen Vernunftschlüssen, die der alte Scarron seinem »Komischen Romane« voransetzt, kann ich auch diese ernsteren Blätter bevorworten.

Ich gebe hier eine Reihe Artikel und Tagesberichte, die ich, nach dem Begehr des Augenblicks, in stürmischen Verhältnissen aller Art, zu leicht erratbaren Zwecken, unter noch leichter erratbaren Beschränkungen, für die Augsburger »Allgemeine Zeitung« geschrieben habe. Diese anonymen, flüchtigen Blätter soll ich nun unter meinem Namen als festes Buch herausgeben, damit kein anderer, wie ich bedroht worden bin, sie nach eigener Laune zusammenstellt, und nach Willkür umgestaltet, oder gar jene fremden Erzeugnisse hineinmischt, die man mir irrtümlich zuschreibt.

Ich benutze diese Gelegenheit, um aufs bestimmteste zu erklären, daß ich, seit zwei Jahren, in keinem politischen Journal Deutschlands, außer der »Allgemeinen Zeitung«, eine Zeile drucken lassen. Letztere, die ihre weltberühmte Autorität so sehr verdient und die man wohl die »Allgemeine Zeitung« von Europa nennen dürfte, schien mir, eben wegen ihres Ansehens und ihres unerhört großen Absatzes, das geeignete Blatt für Berichterstattungen, die nur das Verständnis der Gegenwart beabsichtigen. Wenn wir es dahin bringen, daß die große Menge die Gegenwart versteht, so lassen die Völker sich nicht mehr von den Lohnschreibern der Aristokratie zu Haß und Krieg verhetzen, das große Völkerbündnis, die Heilige Allianz der Nationen, kommt zu Stande, wir brauchen aus wechselseitigem Mißtrauen keine stehenden Heere von vielen hunderttausend Mördern mehr zu füttern, wir benutzen zum Pflug ihre Schwerter und Rosse, und wir erlangen Friede und Wohlstand und Freiheit. Dieser Wirksamkeit bleibt mein Leben gewidmet; es ist mein Amt. Der Haß meiner Feinde darf als Bürgschaft gelten, daß ich dieses Amt bisher recht treu und ehrlich verwaltet. Ich werde mich jenes Hasses immer würdig zeigen. Meine Feinde werden mich nie verkennen, wenn auch die Freunde, im Taumel der aufgeregten Leidenschaften, meine besonnene Ruhe für Lauheit halten möchten. Jetzt freilich, in dieser Zeit, werden sie mich weniger verkennen, als damals, wo sie am Ziel ihrer Wünsche zu stehen glaubten, und Siegeshoffnung alle Segel ihrer Gedanken schwellte; an ihrer Torheit nahm ich keinen Teil, aber ich werde immer Teil nehmen an ihrem Unglück. Ich werde nicht in die Heimat zurückkehren, solange noch ein einziger jener edlen Flüchtlinge, die vor allzugroßer Begeisterung keiner Vernunft Gehör geben konnten, in der Fremde, im Elend, weilen muß. Ich würde lieber bei dem ärmsten Franzosen um eine Kruste Brot betteln, als daß ich Dienst nehmen möchte bei jenen vornehmen Gönnern im deutschen Vaterlande, die jede Mäßigung der Kraft für Feigheit halten, oder gar für präludierenden Übergang zum Servilismus, und die unsere beste Tugend, den Glauben an die ehrliche Gesinnung des Gegners, für plebejische Erbdummheit ansehen. Ich werde mich nie schämen betrogen worden zu sein von jenen, die uns so schöne Hoffnungen ins Herz lächelten: »Wie alles aufs friedlichste zugestanden werden sollte, wie wir hübsch gemäßigt bleiben müßten, damit die Zugeständnisse nicht erzwungen und dadurch ungedeihlich würden, wie sie wohl selbst einsähen, daß man die Freiheit uns nicht ohne Gefahr länger vorenthalten könne – – –«. Ja, wir sind wieder Düpes geworden, und wir müssen eingestehen daß die Lüge wieder einen großen Triumph erfochten und neue Lorbeeren eingeerntet. In der Tat, wir sind die Besiegten und, seit die heroische Überlistung auch offiziell beurkundet worden, seit der Promulgation der deplorabelen Bundestagsbeschlüsse vom 28. Junius, erkrankt uns das Herz in der Brust vor Kummer und Zorn.

Armes, unglückliches Vaterland! welche Schande steht dir bevor wenn du sie erträgst, diese Schmach! welche Schmerzen, wenn du sie nicht erträgst!

Nie ist ein Volk von seinen Machthabern grausamer verhöhnt worden. Nicht bloß, daß jene Bundestagsordonnanzen voraussetzen, wir ließen uns alles gefallen: man möchte uns dabei noch einreden, es geschehe uns ja eigentlich gar kein Leid oder Unrecht. Wenn Ihr aber auch mit Zuversicht auf knechtische Unterwürfigkeit rechnen durftet: so hattet Ihr doch kein Recht uns für Dummköpfe zu halten. Eine Handvoll Junker, die nichts gelernt haben als ein bißchen Roßtäuscherei, Volteschlagen, Becherspiel oder sonstig plumpe Schelmenkünste, womit man höchstens nur Bauern auf Jahrmärkten übertölpeln kann: diese wähnen damit ein ganzes Volk betören zu können, und zwar ein Volk, welches das Pulver erfunden hat und die Buchdruckerei und die »Kritik der reinen Vernunft«. Diese unverdiente Beleidigung, daß Ihr uns für noch dümmer gehalten als Ihr selber seid, und Euch einbildet uns täuschen zu können, das ist die schlimmere Beleidigung, die Ihr uns zugefügt in Gegenwart der umstehenden Völker.

Ich will nicht die konstitutionellen deutschen Fürsten anklagen; ich kenne ihre Nöten, ich weiß, sie schmachten in den Ketten ihrer kleinen Kamarillen, und sind nicht zurechnungsfähig. Dann sind sie auch, durch Zwang aller Art, von Östreich und Preußen embauchiert worden. Wir wollen sie nicht schmähen, wir wollen sie bedauern. Früh oder spät ernten sie die bitteren Früchte der bösen Saat. Die Toren, sie sind noch eifersüchtig aufeinander, und während jedes klare Auge einsieht, daß sie am Ende von Östreich und Preußen mediatisiert werden, ist all ihr Sinnen und Trachten nur darauf gerichtet, wie man dem Nachbar ein Stück seines Ländchens abgewinnt. Wahrlich, sie gleichen jenen Dieben, die, während man sie nach der Hängstätte führt, sich noch untereinander die Taschen bestehlen.

Wir können, ob der Großtaten des Bundestags, nur die beiden absoluten Mächte, Östreich und Preußen, unbedingt anklagen. Wie weit sie gemeinschaftlich unsere Erkenntlichkeit in Anspruch nehmen, kann ich nicht bestimmen. Nur will es mich bedünken, als habe Östreich wieder das Gehässige jener Großtaten auf die Schulter seines weisen Bundesgenossen zu wälzen gewußt.

In der Tat, wir können gegen Östreich kämpfen, und todeskühn kämpfen, mit dem Schwert in der Hand; aber wir fühlen in tiefster Brust, daß wir nicht berechtigt sind, mit Scheltworten diese Macht zu schmähen. Östreich war immer ein offner ehrlicher Feind, der nie seinen Ankampf gegen den Liberalismus geleugnet oder auf eine kurze Zeit eingestellt hätte. Metternich hat nie mit der Göttin der Freiheit geliebäugelt, er hat nie in der Angst des Herzens den Demagogen gespielt, er hat nie Arndts Lieder gesungen und dabei Weißbier getrunken, er hat nie auf der Hasenheide geturnt, er hat nie pietistisch gefrömmelt, er hat nie mit den Festungsarrestanten geweint, geweint, während er sie an der Kette festhielt; – man wußte immer, wie man mit ihm dran war, man wußte, daß man sich vor ihm zu hüten hatte, und man hütete sich vor ihm. Er war immer ein sicherer Mann, der uns weder durch gnädige Blicke täuschte, noch durch Privatmalicen empörte. Man wußte, daß er weder aus Liebe noch aus kleinlichem Hasse, sondern großartig im Geiste eines Systems handelte, welchem Östreich seit drei Jahrhunderten treu geblieben. Es ist dasselbe System, für welches Östreich gegen die Reformation gestritten; es ist dasselbe System, wofür es mit der Revolution in den Kampf getreten. Für dieses System fochten nicht bloß die Männer, sondern auch die Töchter vom Hause Habsburg. Für die Erhaltung dieses Systems hatte Marie Antoinette in den Tuilerien zum kühnsten Kampfe die Waffen ergriffen; für die Erhaltung dieses Systems hatte Maria Luisa, die als erklärte Regentin für Mann und Kind streiten sollte, in denselben Tuilerien den Kampf unterlassen und die Waffen niedergelegt. Kaiser Franz hat für die Erhaltung dieses Systems den teuersten Gefühlen entsagt und unsägliches Herzleid erduldet, eben jetzt trägt er Trauer um den geliebten blühenden Enkel, den er jenem Systeme geopfert, dieser neue Kummer hat tief gebeugt das greise Haupt, welches einst die deutsche Kaiserkrone getragen – dieser arme Kaiser ist noch immer der wahre Repräsentant des unglücklichen Deutschlands!

Von Preußen dürfen wir in einem anderen Tone sprechen. Hier hemmt uns wenigstens keine Pietät ob der Heiligkeit eines deutschen Kaiserhaupts. Mögen immerhin die gelehrten Knechte an der Spree von einem großen Imperator des Borussenreichs träumen, und die Hegemonie und Schirmherrlichkeit Preußens proklamieren. Aber bis jetzt ist es den langen Fingern von Hohenzollern noch nicht gelungen, die Krone Karls des Großen zu erfassen und zu dem Raub so vieler polnischer und sächsischer Kleinodien in den Sack zu stecken. Noch hängt die Krone Karls des Großen viel zu hoch, und ich zweifle sehr ob sie je herabsinkt auf das witzige Haupt jenes goldgespornten Prinzen, dem seine Barone schon jetzt, als dem künftigen Restaurator des Rittertums, ihre Huldigungen darbringen. Ich glaube vielmehr Se. Königl. Hoheit wird, statt eines Nachfolgers Karls des Großen, nur ein Nachfolger Karl X. und Karls von Braunschweig.

Es ist wahr, noch vor kurzem haben viele Freunde des Vaterlandes die Vergrößerung Preußens gewünscht, und in seinen Königen die Oberherren eines vereinigten Deutschlands zu sehen gehofft, und man hat die Vaterlandsliebe zu ködern gewußt, und es gab einen preußischen Liberalismus und die Freunde der Freiheit blickten schon vertrauungsvoll nach den Linden von Berlin. Was mich betrifft, ich habe mich nie zu solchem Vertrauen verstehen wollen. Ich betrachtete vielmehr mit Besorgnis diesen preußischen Adler, und während andere rühmten wie kühn er in die Sonne schaue, war ich desto aufmerksamer auf seine Krallen. Ich traute nicht diesem Preußen, diesem langen frömmelnden Kamaschenheld mit dem weiten Magen, und mit dem großen Maule, und mit dem Korporalstock, den er erst in Weihwasser taucht, ehe er damit zuschlägt. Mir mißfiel dieses philosophisch christliche Soldatentum, dieses Gemengsel von Weißbier, Lüge und Sand. Widerwärtig, tief widerwärtig war mir dieses Preußen, dieses steife, heuchlerische, scheinheilige Preußen, dieser Tartüff unter den Staaten.

Endlich, als Warschau fiel, fiel auch der weiche fromme

Mantel, worin sich Preußen so schön zu drapieren gewußt, und selbst der Blödsichtigste erblickte die eiserne Rüstung des Despotismus, die darunter verborgen war. Diese heilsame Enttäuschung verdankt Deutschland dem Unglück der Polen.

Die Polen! Das Blut zittert mir in den Adern, wenn ich das Wort niederschreibe, wenn ich daran denke, wie Preußen gegen diese edelsten Kinder des Unglücks gehandelt hat, wie feige, wie gemein, wie meuchlerisch. Der Geschichtschreiber wird, vor innerem Abscheu keine Worte finden können, wenn er etwa erzählen soll was sich zu Fischau begeben hat; jene unehrlichen Heldentaten wird vielmehr der Scharfrichter beschreiben müssen – – – ich höre das rote Eisen schon zischen auf Preußens magerem Rücken.

Unlängst las ich in der »Allg. Zeitung«, daß der Geh. Regierungsrat, Friedrich von Raumer, welcher sich unlängst die Renommee eines königl. Preuß. Revolutionärs erworben, indem er als Mitglied der Zensurkommission gegen deren allzuunterdrückungssüchtige Strenge sich aufgelehnt: jetzt den Auftrag erhalten hat, das Verfahren der preußischen Regierung gegen Polen zu rechtfertigen. Die Schrift ist vollendet und der Verfasser hat bereits seine 200 Taler Preußisch Kurant dafür in Empfang genommen. Indessen, wie ich höre, ist sie nach der Meinung der uckermärkschen Kamarilla noch immer nicht servil genug geschrieben. – So geringfügig auch dieses kleine Begebnis aussieht, so ist es eben groß genug, den Geist der Gewalthaber und ihrer Untergebenen zu charakterisieren. Ich kenne zufällig den armen Friedrich von Raumer, ich habe ihn zuweilen, in seinem blaugrauen Röckchen und graublauen Militärmützchen, unter den Linden spazieren sehen; ich sah ihn mal auf dem Katheder, als er den Tod Ludwigs XVI. vortrug und dabei einige königl. Preuß. Amtstränen vergoß; dann habe ich, in einem Damenalmanach, seine »Geschichte der Hohenstaufen« gelesen; ich kenne ebenfalls seine »Briefe aus Paris«, worin er der Madame Crelinger und ihrem Gatten über die hiesige Politik und das hiesige Theater seine Ansichten mitteilt. Es ist durchaus ein friedlebiger Mann, der ruhige Queue macht. Von allen mittelmäßigen Schriftstellern ist er noch der beste, und dabei ist er nicht ganz ohne Salz und er hat eine gewisse äußere Gelehrsamkeit und gleicht daher einem alten trockenen Hering, der mit gelehrter Makulatur umwickelt ist. Ich wiederhole, es ist das friedlebigste Geschöpf, das sich immer ruhig von seinen Vorgesetzten die Säcke aufladen ließ und gehorsam damit zur Amtsmühle trabte, und nur hie und da still stand, wo Musik gemacht wurde. Wie schnöde muß sich nun eine Regierung in ihrer Unterdrückungslust gezeigt haben, wenn sogar ein Friedrich von Raumer die Geduld verlor, und rappelköpfisch wurde, und nicht weiter traben wollte, und sogar in menschlicher Sprache zu sprechen begann! Hat er vielleicht den Engel mit dem Schwerte gesehen, der im Wege steht, und den die Bileame von Berlin, die Verblendeten, noch nicht sehen? Ach! sie gaben dem armen Geschöpfe die wohlgemeintesten Tritte und stacheln es mit ihren goldenen Sporen und haben es schon zum dritten Male geschlagen. Das Volk der Borussen aber – und daraus kann man seinen Zustand ermessen – pries seinen Friedrich von Raumer als einen Ajax der Freiheit.

Dieser königl. Preuß. Revolutionär wird nun dazu benutzt, eine Apologie des Verfahrens gegen Polen zu schreiben und das Berliner Kabinett in der öffentlichen Meinung wieder ehrlich zu machen.

Dieses Preußen! wie es versteht seine Leute zu gebrauchen! Es weiß sogar von seinen Revolutionären Vorteil zu ziehen. Zu seinen Staatskomödien bedarf es Komparsen von jeder Farbe. Es weiß sogar trikolor gestreifte Zebras zu benutzen. So hat es in den letzten Jahren seine wütendsten

Demagogen dazu gebraucht, überall herum zu predigen: daß ganz Deutschland preußisch werden müsse. Hegel mußte die Knechtschaft, das Bestehende, als vernünftig rechtfertigen. Schleiermacher mußte gegen die Freiheit protestieren und christliche Ergebung in den Willen der Obrigkeit empfehlen. Empörend und verrucht ist diese Benutzung von Philosophen und Theologen, durch deren Einfluß man auf das gemeine Volk wirken will, und die man zwingt, durch Verrat an Vernunft und Gott, sich öffentlich zu entehren. Wie manch schöner Name, wie manch hübsches Talent wird da zu Grunde gerichtet, für die nichtswürdigsten Zwecke. Wie schön war der Name Arndts, ehe er, auf höheren Geheiß, jenes schäbige Büchlein geschrieben, worin er wie ein Hund wedelt und hündisch, wie ein wendischer Hund die Sonne des Julius anbellt. Stägemann, ein Name besten Klanges, wie tief ist er gesunken, seit er Russenlieder gedichtet! Mag es ihm die Muse verzeihen, die einst, mit heiligem Kuß, zu besseren Liedern seine Lippen geweiht hat. Was soll ich von Schleiermacher sagen, dem Ritter des roten Adlerordens dritter Klasse! Er war einst ein besserer Ritter und war selbst ein Adler und gehörte zur ersten Klasse. Aber nicht bloß die Großen, sondern auch die Kleinen werden ruiniert. Da ist der arme Ranke, den die preußische Regierung einige Zeit auf ihre Kosten reisen lassen, ein hübsches Talent kleine historische Figürchen auszuschnitzeln und pittoresk nebeneinander zu kleben, eine gute Seele, gemütlich wie Hammelfleisch mit Teltower Rübchen, ein unschuldiger Mensch, den ich, wenn ich mal heurate, zu meinem Hausfreunde wähle, und der gewiß auch liberal – dieser mußte jüngst in der Staatszeitung eine Apologie der Bundestagsbeschlüsse drucken lassen. Andere Stipendiaten, die ich nicht nennen will, haben Ähnliches tun müssen und sind doch ganz liberale Leute.

O, ich kenne sie, diese Jesuiten des Nordens! Wer nur

jemals aus Not oder Leichtsinn das Mindeste von ihnen angenommen hat, ist ihnen auf immer verfallen. Wie die Hölle Proserpinen nicht losgibt, weil sie den Kern eines Grenatsapfels dort genossen: so geben jene Jesuiten keinen Menschen los, der nur das Mindeste von ihnen genossen hat, und sei es auch nur einen einzigen Kern des goldenen Apfels, oder, um prosaisch zu sprechen, einen einzigen Louisdor; – kaum erlauben sie ihm, wie die Hölle der Proserpine, die eine Hälfte des Jahrs in oberweltlichem Lichte zuzubringen; – in solcher Periode erscheinen diese Leute wie Lichtmenschen, und sie nehmen Platz unter uns andern Olympiern, und sprechen und schreiben ambrosisch liberal; doch zur gehörigen Zeit findet man sie wieder im höllischen Dunkel, im Reiche des Obskurantismus, und sie schreiben preußische Apologien, Erklärungen gegen den »Messager«, Zensurgesetzentwürfe, oder gar eine Rechtfertigung der Bundestagsbeschlüsse.

Letztere, die Bundestagsbeschlüsse, kann ich nicht unbesprochen lassen. Ich werde ihre amtlichen Verteidiger nicht zu widerlegen, noch viel weniger, wie vielfach geschehen, ihre Illegalität zu erweisen suchen. Da ich wohl weiß von welchen Leuten die Urkunde worauf sich jene Beschlüsse berufen, verfertigt worden ist: so zweifle ich keineswegs, daß diese Urkunde, nämlich die Wiener Bundesakte, zu jedem despotischen Gelüste die legalsten Befugnisse enthält. Bis jetzt hat man von jenem Meisterwerk der edlen Junkerschaft wenig Gebrauch gemacht, und sein Inhalt konnte dem Volke gleichgültig sein. Nun es aber ins rechte Tageslicht gestellt wird, dieses Meisterstück, nun die eigentlichen Schönheiten des Werks, die geheimen Springfedern, die verborgenen Ringe, woran jede Kette befestigt werden kann, die Fußangeln, die versteckten Halseisen, Daumschrauben, kurz nun die ganze künstliche, durchtriebene Arbeit allgemein sichtbar wird: jetzt sieht jeder, daß das deutsche Volk, als es für seine Fürsten

Gut und Blut geopfert und den versprochenen Lohn der Dankbarkeit empfangen sollte, aufs heilloseste getäuscht worden, daß man ein freches Gaukelspiel mit uns getrieben, daß man, statt der zugelobten Magna Charta der Freiheit, uns nur eine verbriefte Knechtschaft ausgefertigt hat.

Kraft meiner akademischen Befugnis als Doktor beider Rechte, erkläre ich feierlichst, daß eine solche von ungetreuen Mandatarien ausgefertigte Urkunde null und nichtig ist; kraft meiner Pflicht als Bürger, protestiere ich gegen alle Folgerungen, welche die Bundestagsbeschlüsse vom 28. Juni aus dieser nichtigen Urkunde geschöpft haben; kraft meiner Machtvollkommenheit als öffentlicher Sprecher, erhebe ich gegen die Verfertiger dieser Urkunde meine Anklage und klage sie an des gemißbrauchten Volksvertrauens, ich klage sie an der beleidigsten Volksmajestät, ich klage sie an des Hochverrats am deutschen Volke, ich klage sie an!

Armes Volk der Deutschen! Damals, während Ihr Euch ausruhtet von dem Kampfe für Eure Fürsten, und die Brüder begrubet, die in diesem Kampfe gefallen, und Euch einander die treuen Wunden verbandet, und lächelnd Euer Blut noch rinnen saht aus der vollen Brust, die so voll Freude und Vertrauen war, so voll Freude wegen der Rettung der geliebten Fürsten, so voll Vertrauen auf die menschlich heiligsten Gefühle der Dankbarkeit: damals, dort unten zu Wien, in den alten Werkstätten der Aristokratie, schmiedete man die Bundesakte!

Sonderbar! Eben der Fürst, der seinem Volke am meisten Dank schuldig war, der deshalb seinem Volke eine repräsentative Verfassung, eine volkstümliche Konstitution, wie andere freie Völker sie besitzen, in jener Zeit der Not versprochen hat, schwarz auf weiß versprochen und mit den bestimmtesten Worten versprochen hat: dieser Fürst hat jetzt jene anderen deutschen Fürsten, die sich verpflichtet gehalten, ihren Untertanen eine freie Verfassung zu erteilen, ebenfalls zu Wortbruch und Treulosigkeit zu verführen gewußt, und er stützt sich jetzt auf die Wiener Bundesakte, um die kaum emporgeblühten deutschen Konstitutionen zu vernichten, er, welcher, ohne zu erröten das Wort »Konstitution« nicht einmal aussprechen dürfte!

Ich rede von Sr. Majestät, Friedrich Wilhelm, dritten des Namens, König von Preußen.

Monarchisch gesinnt, wie ich es immer war und wohl auch immer bleibe, widerstrebt es meinen Grundsätzen und Gefühlen, daß ich die Person der Fürsten selber einer allzuherben Rüge unterwürfe. Es liegt vielmehr in meinen Neigungen, sie ob ihrer guten Eigenschaften zu rühmen. Ich rühme daher gern die persönlichen Tugenden des Monarchen, dessen Regierungssystem, oder vielmehr dessen Kabinett, ich ebenso unumwunden besprochen. Ich bestätige mit Vergnügen, daß Friedrich Wilhelm III. als Mensch die hohe Verehrung und Liebe verdient, die ihm der größte Teil des preußischen Volkes so reichlich spendet. Er ist gut und tapfer. Er hat sich standhaft im Unglück, und was viel seltener ist, milde im Glück gezeigt. Er ist von keuschem Herzen, rührend bescheidenem Wesen, bürgerlicher Prunklosigkeit, häuslich guten Sitten, ein zärtlicher Vater, besonders zärtlich für die schöne Zarewna, welcher Zärtlichkeit wir vielleicht die Cholera und ein noch größeres Übel, womit erst unsere Nachkommen kämpfen werden, schönstens verdanken. Außerdem ist der König von Preußen ein sehr religiöser Mann, er hält streng auf Religion, er ist ein guter Christ, er hängt fest am evangelischen Bekenntnisse, er hat selbst eine Liturgie geschrieben, er glaubt an die Symbole – ach! ich wollte er glaubte an den Jupiter, den Vater der Götter, der den Meineid rächt, und er gäbe uns endlich die versprochene Konstitution.

Oder ist das Wort eines Königs nicht so heilig wie ein Eid?

Von allen Tugenden Friedrich Wilhelms rühmt man jedoch am meisten seine Gerechtigkeitsliebe. Man erzählt davon die rührendsten Geschichten. Noch jüngst hat er 11 227 Taler 13 gute Groschen aus seiner Privatkasse geopfert, um den Rechtsansprüchen eines Kyritzer Bürgers zu genügen. Man erzählt, der Sohn des Müllers von Sanssouci habe, aus Geldnot, die berühmte Windmühle verkaufen wollen, worüber sein Vater mit Friedrich dem Großen prozessiert hat. Der jetzige König ließ aber dem benötigten Mann eine große Geldsumme vorstrecken, damit die berühmte Windmühle in dem alten Zustande stehen bleibe, als ein Denkmal preußischer Gerechtigkeitsliebe. Das ist alles sehr hübsch und löblich – aber wo bleibt die versprochene Konstitution, worauf das preußische Volk, nach göttlichem und weltlichem Rechte, die eigentümlichsten Ansprüche machen kann? Solange der König von Preußen diese heiligste »Obligatio« nicht erfüllt, solange er die wohlverdiente, freie Verfassung seinem Volke vorenthält, kann ich ihn nicht gerecht nennen, und sehe ich die Windmühle von Sanssouci, so denke ich nicht an preußische Gerechtigkeitsliebe, sondern an preußischen Wind.

Ich weiß sehr gut, die literarischen Lohnlakaien behaupten, der König von Preußen habe jene Konstitution nur der eigenen Laune halber versprochen, ein Versprechen, welches ganz unabhängig von den Zeitumständen gewesen sei. Die Toren! ohne Gemüt, wie sie sind, fühlen sie nicht, daß die Menschen, wenn man ihnen vorenthält was man ihnen von Rechts wegen schuldig ist, weit weniger beleidigt werden, als wenn man ihnen das versagt, was man ihnen aus bloßer Liebe versprochen hat; denn in solchem Falle wird auch unsere Eitelkeit gekränkt, indem wir sehen, daß wir demjenigen, der uns aus freiem Willen etwas versprach, nicht mehr so viel wert sind.

Oder war es wirklich nur eigne Laune, ganz unabhängig

von den Zeitumständen, was den König von Preußen einst bewogen hätte, seinem Volke eine freie Konstitution zu versprechen? Er hatte also auch nicht einmal damals die Absicht dankbar zu sein? Und er hatte doch so viel Grund dazu; denn nie befand sich ein Fürst in einer kläglicheren Lage, als die worin der König von Preußen nach der Schlacht bei Jena geraten war, und woraus ihn sein Volk gerettet. Standen ihm damals nicht die Tröstungen der Religion zu Gebote, er mußte verzweifeln ob der Insolenz womit der Kaiser Napoleon ihn behandelte. Aber, wie gesagt, er fand Trost im Christentum, welches wahrlich die beste Religion ist nach einer verlorenen Schlacht. Ihn stärkte das Beispiel seines Heilandes; auch er konnte damals sagen: »Mein Reich ist nicht von dieser Welt!« und er vergab seinen Feinden, welche mit viermalhunderttausend Mann ganz Preußen besetzt hielten. Wäre Napoleon damals nicht mit weit wichtigeren Dingen beschäftigt gewesen, als daß er an Se. Majestät Friedrich Wilhelm III. allzuviel denken konnte, er hätte diesen gewiß gänzlich in Ruhestand gesetzt. Späterhin, als alle Könige von Europa sich gegen den Napoleon zusammenrotteten, und der Mann des Volkes in dieser Fürsten-Emeute unterlag und der preußische Esel dem sterbenden Löwen die letzten Fußtritte gab: da bereute er zu spät die Unterlassungssünde. Wenn er in seinem hölzernen Käfig zu St. Helena auf und ab ging und es ihm in den Sinn kam, daß er den Papst kajoliert und vergessen hatte, Preußen zu zertreten: dann knirschte er mit den Zähnen, und wenn ihm dann eine Ratte in den Weg lief, dann zertrat er die arme Ratte.

Napoleon ist jetzt tot, und liegt, wohlverschlossen in seinem bleiernen Sarg, unter dem Sand von Longwood, auf der Insel Sankt Helena. Rund herum ist Meer. Den braucht Ihr also nicht mehr zu fürchten. Auch die letzten drei Götter, die noch im Himmel übriggeblieben, den Vater, den Sohn und den Heiligen Geist, braucht Ihr nicht zu fürchten; denn Ihr steht gut mit ihrer heiligen Dienerschaft. Ihr braucht Euch nicht zu fürchten, denn Ihr seid mächtig und weise. Ihr habt Gold und Flinten, und was feil ist könnt Ihr kaufen, und was sterblich ist könnt Ihr töten. Eurer Weisheit kann man ebensowenig widerstehen. Jeder von Euch ist ein Salomo, und es ist schade, daß die Königin von Saba, die schöne Frau, nicht mehr lebt; Ihr hättet sie bis aufs Hemd enträtselt. Dann habt Ihr auch eiserne Töpfe, worin Ihr diejenigen einsperren könnt, die Euch etwas zu raten aufgeben, wovon Ihr nichts wissen wollt, und Ihr könnt sie versiegeln und ins Meer der Vergessenheit versenken; alles wie König Salomo. Gleich diesem versteht Ihr auch die Sprache der Vögel. Ihr wißt alles was im Lande gezwitschert und gepfiffen wird, und mißfällt Euch der Gesang eines Vogels so habt Ihr eine große Schere, womit Ihr ihm den Schnabel zurechtschneidet, und, wie ich höre, wollt Ihr Euch eine noch größere Schere anschaffen für die, welche über zwanzig Bogen singen. Dabei habt Ihr die klügsten Vögel in Eurem Dienste, alle Edelfalken, alle Raben, nämlich die schwarzen, alle Pfauen, alle Eulen. Auch lebt noch der alte Simurgh, und er ist Euer Großvezier, und er ist der gescheuteste Vogel der Welt. Er will das Reich wieder ganz so herstellen, wie es unter den präadamitischen Sultanen bestanden, und er legt deshalb unermüdlich Eier, Tag und Nacht, und in Frankfurt werden sie ausgebrütet. Hudhud, der akkreditierte Wiedehopf, läuft unterdessen über den märkischen Sand, mit den pfiffigsten Depeschen im Schnabel. Ihr braucht Euch nicht zu fürchten.

Nur vor einem möchte ich euch warnen, nämlich vor dem »Moniteur« von 1793. Das ist ein Höllenzwang, den Ihr nicht an die Kette legen könnt, und es sind Beschwörungsworte darin, die viel mächtiger sind als Gold und Flinten, Worte womit man die Toten aus den Gräbern ruft und die Lebenden in den Tod schickt, Worte womit man die Zwerge zu Riesen macht und die Riesen zerschmettert, Worte die Eure ganze Macht zerschneiden, wie das Fallbeil einen Königshals.

Ich will Euch die Wahrheit gestehen. Es gibt Leute, die Mut genug besitzen jene Worte auszusprechen, und die sich nicht gefürchtet hätten vor den grauenhaftesten Geistererscheinungen; aber sie wußten eben nicht das rechte Wort im Buche zu finden, und hätten es auch mit ihren dicken Lippen nicht aussprechen können; sie sind keine Hexenmeister. Andere, die, vertraut mit der geheimnisvollen Wünschelrute, das rechte Wort wohl aufzufinden wüßten und auch mit zauberkundiger Zunge es auszusprechen vermöchten: diese waren zagen Herzens und fürchteten sich vor den Geistern, die sie beschwören sollten; – denn ach! wir wissen nicht das Sprüchlein, womit man die Geister wieder zähmt, wenn der Spuk allzutoll wird; wir wissen nicht wie man die begeisterten Besenstiele wieder in ihre hölzerne Ruhe zurückbannt, wenn sie mit allzuviel rotem Wasser das Haus überschwemmen; wir wissen nicht wie man das Feuer wieder bespricht, wenn es allzurasend umherleckt; wir fürchten uns.

Verlaßt Euch aber nicht auf Ohnmacht und Furcht von unserer Seite. Der verhüllte Mann der Zeit, der ebenso kühnen Herzens wie kundiger Zunge ist, und der das große Beschwörungswort weiß und es auch auszusprechen vermag, er steht vielleicht schon in Eurer Nähe. Vielleicht ist er in knechtischer Livree oder gar in Harlekinstracht vermummt, und Ihr ahnet nicht, daß es Euer Verderber ist, welcher Euch untertänig die Stiefel auszieht oder durch seine Schnurren Euer Zwerchfell erschüttert. Graut Euch nicht manchmal, wenn Euch die servilen Gestalten mit fast ironischer Demut umwedeln, und Euch plötzlich in den Sinn kommt: das ist vielleicht eine List, dieser Elende, der sich so blödsinnig absolutistisch, so viehisch gehorsam gebärdet, der ist vielleicht ein geheimer Brutus? Habt Ihr nicht nachts zuweilen Träume, die Euch vor den kleinsten windigsten Würmern warnen, die Ihr des Tags zufällig kriechen gesehen? Ängstigt Euch nicht! Ich scherze nur, Ihr seid ganz sicher. Unsere dummen Teufel von Servilen verstellen sich durchaus nicht. Sogar der Jarcke ist nicht gefährlich. Seid auch außer Sorge in Betreff der kleinen Narren, die Euch zuweilen mit bedenklichen Späßen umgaukeln. Der große Narr schützt Euch vor den kleinen. Der große Narr ist ein sehr großer Narr, riesengroß, und er nennt sich deutsches Volk.

O, das ist ein sehr großer Narr! Seine buntscheckige Jacke besteht aus sechsunddreißig Flicken. An seiner Kappe hängen, statt der Schellen, lauter zentnerschwere Kirchenglocken, und in der Hand trägt er eine ungeheure Pritsche von Eisen. Seine Brust aber ist voll Schmerzen. Nur will er an diese Schmerzen nicht denken, und er reißt deshalb um so lustigere Possen, und er lacht manchmal um nicht zu weinen. Treten ihm seine Schmerzen allzubrennend in den Sinn, dann schüttelt er wie toll den Kopf, und betäubt sich selber mit dem christlich frommen Glockengeläute seiner Kappe. Kommt ein guter Freund zu ihm, der teilnehmend über seine Schmerzen mit ihm reden will, oder gar ihm ein Hausmittelchen dagegen anrät: dann wird er rein wütend und schlägt nach ihm mit der eisernen Pritsche. Er ist überhaupt wütend gegen jeden, der es gut mit ihm meint. Er ist der schlimmste Feind seiner Freunde und der beste Freund seiner Feinde. O! der große Narr wird Euch immer treu und unterwürfig bleiben, mit seinen Riesenspäßchen wird er immer Eure Junkerlein ergötzen, er wird täglich zu ihrem Vergnügen seine alten Kunststücke machen, und unzählige Lasten auf der Nase balancieren, und viele hunderttausend Soldaten auf seinem Bauche herumtrampeln lassen. Aber habt Ihr gar keine Furcht, daß dem Narren mal all die Lasten zu schwer werden, und daß er Eure Soldaten von sich abschüttelt und

Euch selber, aus Überspaß, mit dem kleinen Finger den Kopf eindrückt, so daß Euer Hirn bis an die Sterne spritzt?

Fürchtet Euch nicht, ich scherze nur. Der große Narr bleibt Euch untertänigst gehorsam, und wollen Euch die kleinen Narren ein Leid zufügen, der große schlägt sie tot.

Geschrieben, zu *Paris*, den 18. Oktober 1832.

Heinrich Heine

Der jungdeutsche Schriftsteller Heinrich Laube hat Heines Paris-Berichte gerühmt wegen ihrer neuen Art, Geschichte zu schreiben, und sie einen »morgenrötlichen Klassiker« genannt. Der Spott ihres Autors macht vor keinem Namen halt, verschont keine Partei, keine Institution. Und doch wäre im Irrtum, wer annähme, Heine überantworte alle politischen Akteure der tragikomischen Periode des Bürgerkönigtums gleichermaßen der Lächerlichkeit. Denn nicht selten legt er die Maske des Spötters an, um Sympathien zu verbergen; bisweilen ist, was auf den ersten Blick wie eine witzige Distanzierung aussieht, eine stellvertretende Gruppenselbstironie. Meist geht in solchen Fällen die spöttische Rede unvermittelt in die ernste über, mitunter sogar gebiert der Spott eine erhabene Prophezeiung. So im Artikel III der Französischen Zustände, *der mit französisch-deutschem Lokalklatsch einsetzt, alsdann eine Versammlung der extremen Linken ausführlich schildert – über die Rede des gefürchteten Agitators Blanqui heißt es da: »doch der vorgetragenen Freiheit fehlte der freie Vortrag« –, woran übergangslos die lakonische Evokation einer Soiree im adligen Faubourg Saint-Germain angefügt wird: »Nichts als Lichter, Spiegel, Blumen, nackte Schultern, Zuckerwasser, gelbe Glacéhandschuh und Fadaisen.« Aus heiterem Himmel erfährt man nach dieser ironischen Kurzidylle von einem Attentat auf Louis-Philippe, über das jedoch weniger Worte verloren wer-*

den als über den Münzdiebstahl im Medaillenkabinett des Louvre. So schlängelt der Berichterstatter sich durch das hindurch, was er den »politischen Wirrwarr« nennt, als sei er womöglich selbst davon verwirrt. Doch unversehens erfolgt dann die Wendung zur Klarheit, die Besinnung auf den Genius loci, an dem all dies Bunt-Widersprüchliche sich ereignet: Paris, und seine weltgeschichtliche Sendung. Im Grunde enthält Heines Charakteristik dieses neuen Paris zugleich eine Beschreibung seiner eigenen Schreibweise.

Während aber Bedrängnisse und Nöten aller Art das Innere des Staates durchwühlen, und die äußern Angelegenheiten, seit den Ereignissen in Italien und Don Pedros Expedition, bedenklich verwickelter werden; während alle Institutionen, selbst die königlich höchste, gefährdet sind; während der politische Wirrwarr alle Existenzen bedroht: ist Paris diesen Winter immer noch das alte Paris, die schöne Zauberstadt, die dem Jüngling so holdselig lächelt, den Mann so gewaltig begeistert, und den Greis so sanft tröstet. »Hier kann man das Glück entbehren«, sagte einst Frau v. Staël, ein treffendes Wort, das aber in ihrem Munde seine Wirkung verlor, da sie sich lange Zeit nur deshalb unglücklich fühlte, weil sie nicht in Paris leben durfte, und da also Paris ihr Glück war. So liegt in dem Patriotismus der Franzosen größtenteils die Vorliebe für Paris, und wenn Danton nicht floh, »weil man das Vaterland nicht an den Schuhsohlen mitschleppen kann«, so hieß das wohl auch, daß man im Auslande die Herrlichkeiten des schönen Paris entbehren würde. Aber Paris ist eigentlich Frankreich; dieses ist nur die umliegende Gegend von Paris. Abgerechnet die schönen Landschaften und den liebenswürdigen Sinn des Volks im allgemeinen, so ist Frankreich ganz öde, auf jeden Fall ist es geistig öde, alles, was sich in der Provinz auszeichnet, wandert früh nach der Hauptstadt, dem Foyer alles Lichts und alles

Glanzes. Frankreich sieht aus wie ein Garten, wo man alle schönsten Blumen gepflückt, um sie zu einem Strauße zu verbinden, und dieser Strauß heißt Paris. Es ist wahr, er duftet jetzt nicht mehr so gewaltig, wie nach jenen Blütetagen des Julius, als die Völker von diesem Dufte betäubt wurden. Er ist jedoch noch immer schön genug, um bräutlich zu prangen an dem Busen Europas. Paris ist nicht bloß die Hauptstadt von Frankreich, sondern der ganzen zivilisierten Welt, und ist ein Sammelplatz ihrer geistigen Notabilitäten. Versammelt ist hier alles, was groß ist durch Liebe oder Haß, durch Fühlen oder Denken, durch Wissen oder Können, durch Glück oder Unglück, durch Zukunft oder Vergangenheit. Betrachtet man den Verein von berühmten oder ausgezeichneten Männern, die hier zusammentreffen, so hält man Paris für ein Pantheon der Lebenden. Eine neue Kunst, eine neue Religion, ein neues Leben wird hier geschaffen, und lustig tummeln sich hier die Schöpfer einer neuen Welt. Die Gewalthaber gebärden sich kleinlich, aber das Volk ist groß und fühlt seine schauerlich erhabene Bestimmung. Die Söhne wollen wetteifern mit den Vätern, die so ruhmvoll und heilig ins Grab gestiegen. Es dämmern gewaltige Taten, und unbekannte Götter wollen sich offenbaren. Und dabei lacht und tanzt man überall, überall blüht der leichte Scherz, die heiterste Mokerie, und da jetzt Karneval ist, so maskieren sich viele als Doktrinäre, und schneiden possierlich-pedantische Gesichter, und behaupten, sie hätten Furcht vor den Preußen.

Mitte März 1832, eine Woche vor dem Ausbruch der Cholera in Paris und vor dem Tod Goethes in Weimar, den er anfangs nicht zu registrieren scheint, schreibt Heine an Hofrat Thiersch nach München: »Was mich betrifft, ich habe unterdessen, seit 9 Monaten, hier in Paris die großen Dinge erwarten helfen, die noch nicht passiert sind. Sie werden aber endlich passieren, und ich werde sie ruhig und unparteiisch beschreiben, wie es meines Amtes ist. Die Vorstudien zur Geschichtsschreibung der Gegenwart beschäftigen mich unablässig.« Über die Methode solcher Vorstudien erteilt der Beginn des folgenden Artikels Auskunft: »Ich will ⟨...⟩ den Schlüssel der lärmenden Tagesrätsel zunächst in der Vergangenheit suchen. Die Salons lügen, die Gräber sind wahr.« Doch unverhofft genug passieren zunächst Dinge, die kaum in Heines Konzept passen; seine Hoffnungen auf das revolutionäre Volk von Paris werden höhnisch Lügen gestraft vom Aufstand der Lumpensammler und Trödelweiber, denen sich die zugesellen, welche das bourbonische Erbkönigtum zurück wünschen, »Verfechter ⟨...⟩ der überlieferten Erbkehrichtsinteressen, der Verstaubtheiten aller Art«. Einer jener Verfechter, Chateaubriand, betont in seinen Mémoires d'outre-tombe *gleichfalls, wie sein Gegenspieler Heine, den Eindruck des krude Anachronistischen, den das Auftauchen der längst überwunden geglaubten Epidemie im bürgerlichen Paris zunächst hervorrief: »Die Cholera kam zu uns in einem Jahrhundert der Philanthropie, des Unglaubens, der Zeitungen und der Bürokratie ⟨...⟩, wie der Terror von 1793 spazierte sie einher mit spöttischer Miene, in eine ganz neue Welt.« Heine reagierte auf das blinde Wüten der Epidemie und auf die allgemeine Panik der Bevölkerung als Zeitkritiker. (In Paris, das damals 645 700 Einwohner zählte, fielen, einer offiziellen Statistik zufolge, 18 406 Menschen der Cholera zum Opfer – Heine spricht von 30 000.) Anders als seine Freunde, die Saint-Simonisten, die in ihrem Organ* Le Globe *zu einem industriellen Staatsstreich aufrufen, dazu, die Hauptstadt zu sanieren, neue Eisenbahnstrecken zu bauen etc., bleibt Heine ein nüchterner, maliziöser, artistischer Beobachter, der das makabre Unwesen der Cholera mit schwarzem Humor kommentiert, dem die verzeihliche Verblendung des Volkes so wenig entgeht wie die Kalküle des*

Juste-Milieu und der aus Gesehenem und Gehörtem eine Folge von Tableaux parisiens komponiert, die nicht nur Mustertexte der Paris-Literatur werden sollten, sondern sich durchaus auch den klassischen Pestbeschreibungen des Thukydides, Boccaccio oder Manzoni an die Seite stellen lassen und dies, obwohl Heine seine Texte mitten im Geschehen, ohne zeitliche Distanz, verfertigt hat.

Was trieb die Franzosen, eine Revolution zu beginnen, und haben sie das erreicht, was sie bedurften? Die Beantwortung dieser Fragen zu befördern, will ich den Beginn der Revolution in meinen nächsten Artikeln besprechen. Es ist dieses ein doppelt nützliches Geschäft, da, indem man die Gegenwart durch die Vergangenheit zu erklären sucht, zu gleicher Zeit offenbar wird, wie diese, die Vergangenheit, erst durch jene, die Gegenwart, ihr eigentlichstes Verständnis findet, und jeder neue Tag ein neues Licht auf sie wirft, wovon unsere bisherigen Handbuchschreiber keine Ahnung hatten. Diese glaubten, die Akten der Revolutionsgeschichte seien geschlossen, und sie hatten schon über Menschen und Dinge ihr letztes Urteil gefällt: da brüllten plötzlich die Kanonen der großen Woche, und die Göttinger Fakultät merkte, daß von ihrem akademischen Spruchkollegium an eine höhere Instanz appelliert worden, und daß nicht bloß die französische Spezialrevolution noch nicht vollendet sei, sondern daß erst die weit umfassendere Universalrevolution ihren Anfang genommen habe. Wie mußten sie erschrecken, diese friedlichen Leute, als sie eines frühen Morgens die Köpfe zum Fenster hinaussteckten und den Umsturz des Staates und ihrer Kompendien erblickten, und trotz der Schlafmützen die Töne der Marseiller Hymne in ihre Ohren drangen. Wahrlich, daß 1830 die dreifarbige Fahne einige Tage lang auf den Türmen von Göttingen flatterte, das war ein burschikoser Spaß, den sich die Weltgeschichte gegen das hochgelahrte Philistertum der Georgia Augusta erlaubt hat. In dieser allzuernsten Zeit bedarf es wohl solcher aufheiternden Erscheinungen.

So viel zur Bevorwortung eines Artikels, der sich mit vergangenheitlichen Beleuchtungen beschäftigen mag. Die Gegenwart ist in diesem Augenblicke das Wichtigere, und das Thema, das sie mir zur Besprechung darbietet, ist von der Art, daß überhaupt jedes Weiterschreiben davon abhängt. ⟨...⟩

Ich rede von der Cholera, die seitdem hier herrscht, und zwar unumschränkt, und die, ohne Rücksicht auf Stand und Gesinnung, tausendweise ihre Opfer niederwirft.

Man hat jener Pestilenz um so sorgloser entgegengesehn, da aus London die Nachricht angelangt war, daß sie verhältnismäßig nur wenige hingerafft. Es schien anfänglich sogar darauf abgesehen zu sein, sie zu verhöhnen, und man meinte, die Cholera werde, ebensowenig wie jede andere große Reputation, sich hier in Ansehn erhalten können. Da war es nun der guten Cholera nicht zu verdenken, daß sie, aus Furcht vor dem Ridikül, zu einem Mittel griff, welches schon Robespierre und Napoleon als probat befunden, daß sie nämlich, um sich in Respekt zu setzen, das Volk dezimiert. Bei dem großen Elende, das hier herrscht, bei der kolossalen Unsauberkeit, die nicht bloß bei den ärmern Klassen zu finden ist, bei der Reizbarkeit des Volks überhaupt, bei seinem grenzenlosen Leichtsinne, bei dem gänzlichen Mangel an Vorkehrungen und Vorsichtsmaßregeln, mußte die Cholera hier rascher und furchtbarer als anderswo um sich greifen. Ihre Ankunft war den 29. März offiziell bekannt gemacht worden, und da dieses der Tag des Demi-Carême und das Wetter sonnig und lieblich war, so tummelten sich die Pariser um so lustiger auf den Boulevards, wo man sogar Masken erblickte, die, in karikierter Mißfarbigkeit und Ungestalt, die Furcht vor der Cholera und die Krankheit selbst verspotteten. Desselben Abends waren die Redouten besuchter als jemals; übermütiges Gelächter überjauchzte fast die lauteste Musik, man erhitzte sich beim Chahut, einem nicht sehr zweideutigen Tanze, man schluckte dabei allerlei Eis und sonstig kaltes Getrinke: als plötzlich der lustigste der Arlequine eine allzugroße Kühle in den Beinen verspürte, und die Maske abnahm, und zu aller Welt Verwunderung ein veilchenblaues Gesicht zum Vorscheine kam. Man merkte bald, daß solches kein Spaß sei, und das Gelächter verstummte, und mehrere Wagen voll Menschen fuhr man von der Redoute gleich nach dem Hôtel-Dieu, dem Zentralhospitale, wo sie, in ihren abenteuerlichen Maskenkleidern anlangend, gleich verschieden. Da man in der ersten Bestürzung an Ansteckung glaubte, und die ältern Gäste des Hôtel-Dieu ein gräßliches Angstgeschrei erhoben, so sind jene Toten, wie man sagt, so schnell beerdigt worden, daß man ihnen nicht einmal die buntscheckigen Narrenkleider auszog, und lustig, wie sie gelebt haben, liegen sie auch lustig im Grabe.

Nichts gleicht der Verwirrung, womit jetzt plötzlich Sicherungsanstalten getroffen wurden. Es bildete sich eine Commission sanitaire, es wurden überall Bureaux de secours eingerichtet, und die Verordnung in Betreff der Salubrité publique sollte schleunigst in Wirksamkeit treten. Da kollidierte man zuerst mit den Interessen einiger tausend Menschen, die den öffentlichen Schmutz als ihre Domäne betrachten. Dieses sind die sogenannten Chiffonniers, die von dem Kehricht, der sich des Tags über vor den Häusern in den Kotwinkeln aufhäuft, ihren Lebensunterhalt ziehen. Mit großen Spitzkörben auf dem Rücken, und einem Hakenstock in der Hand, schlendern diese Menschen, bleiche Schmutzgestalten, durch die Straßen, und wissen mancherlei, was noch brauchbar ist, aus dem Kehricht aufzugabeln und zu verkaufen. Als nun die Polizei, damit der Kot nicht lange auf den Straßen liegen bleibe, die

Säuberung derselben in Entreprise gab, und der Kehricht, auf Karren verladen, unmittelbar zur Stadt hinausgebracht ward, aufs freie Feld, wo es den Chiffonniers freistehen sollte, nach Herzenslust darin herumzufischen: da klagten diese Menschen, daß sie, wo nicht ganz brotlos, doch wenigstens in ihrem Erwerbe geschmälert worden, daß dieser Erwerb ein verjährtes Recht sei, gleichsam ein Eigentum, dessen man sie nicht nach Willkür berauben könne. Es ist sonderbar, daß die Beweistümer, die sie, in dieser Hinsicht, vorbrachten, ganz dieselben sind, die auch unsere Krautjunker, Zunftherren, Gildemeister, Zehntenprediger, Fakultätsgenossen, und sonstige Vorrechtsbeflissene vorzubringen pflegen, wenn die alten Mißbräuche, wovon sie Nutzen ziehen, der Kehricht des Mittelalters, endlich fortgeräumt werden sollen, damit durch den verjährten Moder und Dunst unser jetziges Leben nicht verpestet werde. Als ihre Protestationen nichts halfen, suchten die Chiffonniers, gewalttätig die Reinigungsreform zu hintertreiben; sie versuchten eine kleine Kontrerevolution, und zwar in Verbindung mit alten Weibern, den Revendeuses, denen man verboten hatte, das übelriechende Zeug, das sie größtenteils von den Chiffonniers erhandeln, längs den Kais zum Wiederverkaufe auszukramen. Da sahen wir nun die widerwärtigste Emeute: die neuen Reinigungskarren wurden zerschlagen und in die Seine geschmissen; die Chiffonniers barrikadierten sich bei der Porte St.-Denis; mit ihren Regenschirmen fochten die alten Trödelweiber auf dem Châtelet; der Generalmarsch erscholl; Casimir Périer ließ seine Myrmidonen aus ihren Butiken heraustrommeln; der Bürgerthron zitterte; die Rente fiel; die Karlisten jauchzten. Letztere hatten endlich ihre natürlichsten Alliierten gefunden, Lumpensammler und alte Trödelweiber, die sich jetzt mit denselben Prinzipien geltend machten, als Verfechter des Herkömmlichen, der überlieferten Erbkehrichtsinteressen, der Verfaultheiten aller Art.

Als die Emeute der Chiffonniers durch bewaffnete Macht gedämpft worden, und die Cholera noch immer nicht so wütend um sich griff, wie gewisse Leute es wünschten, die bei jeder Volksnot und Volksaufregung, wenn auch nicht den Sieg ihrer eigenen Sache, doch wenigstens den Untergang der jetzigen Regierung erhoffen, da vernahm man plötzlich das Gerücht: die vielen Menschen, die so rasch zur Erde bestattet würden, stürben nicht durch eine Krankheit, sondern durch Gift. Gift, hieß es, habe man in alle Lebensmittel zu streuen gewußt, auf den Gemüsemärkten, bei den Bäckern, bei den Fleischern, bei den Weinhändlern. Je wunderlicher die Erzählungen lauteten, desto begieriger wurden sie vom Volke aufgegriffen, und selbst die kopfschüttelnden Zweifler mußten ihnen Glauben schenken, als des Polizeipräfekten Bekanntmachung erschien. Die Polizei, welcher hier, wie überall, weniger daran gelegen ist, die Verbrechen zu vereiteln, als vielmehr sie gewußt zu haben, wollte entweder mit ihrer allgemeinen Wissenschaft prahlen, oder sie gedachte, bei jenen Vergiftungsgerüchten, sie mögen wahr oder falsch sein, wenigstens von der Regierung jeden Argwohn abzuwenden: genug, durch ihre unglückselige Bekanntmachung, worin sie ausdrücklich sagte, daß sie den Giftmischern auf der Spur sei, ward das böse Gerücht offiziell bestätigt, und ganz Paris geriet in die grauenhafteste Todesbestürzung.

»Das ist unerhört«, schrieen die ältesten Leute, die selbst in den grimmigsten Revolutionszeiten keine solche Frevel erfahren hatten. »Franzosen, wir sind entehrt!« riefen die Männer, und schlugen sich vor die Stirne. Die Weiber, mit ihren kleinen Kindern, die sie angstvoll an ihr Herz drückten, weinten bitterlich, und jammerten: daß die unschuldigen Würmchen in ihren Armen stürben. Die armen Leute wagten weder zu essen noch zu trinken, und rangen die Hände vor Schmerz und Wut. Es war als ob die Welt unterginge. Besonders an den Straßenecken, wo die rotangestrichenen Weinläden stehen, sammelten und berieten sich die Gruppen, und dort war es meistens, wo man die Menschen, die verdächtig aussahen, durchsuchte, und wehe ihnen, wenn man irgend etwas Verdächtiges in ihren Taschen fand! Wie wilde Tiere, wie Rasende, fiel dann das Volk über sie her. Sehr viele retteten sich durch Geistesgegenwart; viele wurden durch die Entschlossenheit der Kommunalgarden, die an jenem Tage überall herumpatrouillierten, der Gefahr entrissen; andere wurden schwer verwundet und verstümmelt; sechs Menschen wurden aufs unbarmherzigste ermordet. Es gibt keinen gräßlichern Anblick, als solchen Volkszorn, wenn er nach Blut lechzt und seine wehrlosen Opfer hinwürgt. Dann wälzt sich durch die Straßen ein dunkles Menschenmeer, worin hie und da die Ouvriers in Hemdärmeln, wie weiße Sturzwellen, hervorschäumen, und das heult und braust, gnadenlos, heidnisch, dämonisch. An der Straße St.-Denis hörte ich den altberühmten Ruf »A la lanterne!« und mit Wut erzählten mir einige Stimmen, man hänge einen Giftmischer. Die einen sagten, er sei ein Karlist, man habe ein brevet de lys in seiner Tasche gefunden; die andern sagten, es sei ein Priester, ein solcher sei alles fähig. Auf der Straße Vaugirard, wo man zwei Menschen, die ein weißes Pulver bei sich gehabt, ermordete, sah ich einen dieser Unglücklichen, als er noch etwas röchelte, und eben die alten Weiber ihre Holzschuhe von den Füßen zogen und ihn damit so lange auf den Kopf schlugen, bis er tot war. Er war ganz nackt, und blutrünstig zerschlagen und zerquetscht; nicht bloß die Kleider, sondern auch die Haare, die Scham, die Lippen und die Nase waren ihm abgerissen, und ein wüster Mensch band dem Leichname einen Strick um die Füße, und schleifte ihn damit durch die Straße, während er beständig schrie: »Voilà le Choléra-morbus!« Ein wunderschönes, wutblasses Weibsbild mit entblößten Brüsten und blutbedeckten Händen stand dabei, und gab dem Leichname, als er ihr nahe kam, noch einen Tritt mit dem Fuße. Sie lachte, und bat mich, ihrem zärtlichen Handwerke einige Franks zu zollen, damit sie sich dafür ein schwarzes Trauerkleid kaufe; denn ihre Mutter sei vor einigen Stunden gestorben, an Gift.

Des andern Tags ergab sich aus den öffentlichen Blättern, daß die unglücklichen Menschen, die man so grausam ermordet hatte, ganz unschuldig gewesen, daß die verdächtigen Pulver, die man bei ihnen gefunden, entweder aus Kampfer, oder Chlorüre, oder sonstigen Schutzmitteln gegen die Cholera bestanden, und daß die vorgeblich Vergifteten ganz natürlich an der herrschenden Seuche gestorben waren. Das hiesige Volk, das, wie das Volk überall, rasch in Leidenschaft geratend, zu Greueln verleitet werden kann, kehrt jedoch ebenso rasch zur Milde zurück, und bereut mit rührendem Kummer seine Untat, wenn es die Stimme der Besonnenheit vernimmt. Mit solcher Stimme haben die Journale gleich des andern Morgens das Volk zu beschwichtigen und zu besänftigen gewußt, und es mag als ein Triumph der Presse signalisiert werden, daß sie im Stande war, dem Unheile, welches die Polizei angerichtet, so schnell Einhalt zu tun. 〈...〉

Das Volk murrte bitter, als es sah, wie die Reichen flohen, und bepackt mit Ärzten und Apotheken sich nach gesündern Gegenden retteten. Mit Unmut sah der Arme, daß das Geld auch ein Schutzmittel gegen den Tod geworden. Der größte Teil des Justemilieu und der haute Finance ist seitdem ebenfalls davon gegangen und lebt auf seinen Schlössern. Die eigentlichen Repräsentanten des Reichtums, die Herren v. Rothschild, sind jedoch ruhig in Paris geblieben, hierdurch beurkundend, daß sie nicht bloß in Geldgeschäften großartig und kühn sind. Auch Casimir Périer zeigte sich großartig und kühn, indem er nach dem Ausbruche der Cholera das Hôtel-Dieu besuchte; sogar seine Gegner mußte es betrüben, daß er in der Folge dessen, bei seiner bekannten Reizbarkeit, selbst von der Cholera ergriffen worden. Er ist ihr jedoch nicht unterlegen, denn er selber ist eine schlimmere Krankheit. Auch der junge Kronprinz, der Herzog von Orléans, welcher in Begleitung Périers das Hospital besuchte, verdient die schönste Anerkennung. Die ganze königliche Familie hat sich, in dieser trostlosen Zeit, ebenfalls rühmlich bewiesen. Beim Ausbruche der Cholera versammelte die gute Königin ihre Freunde und Diener, und verteilte unter ihnen Leibbinden von Flanell, die sie meistens selbst verfertigt hat. Die Sitten der alten Chevalerie sind nicht erloschen; sie sind nur ins Bürgerliche umgewandelt; hohe Damen versehen ihre Kämpen jetzt mit minder poetischen, aber gesündern Schärpen. Wir leben ja nicht mehr in den alten Helm- und Harnischzeiten des kriegerischen Rittertums, sondern in der friedlichen Bürgerzeit der warmen Leibbinden und Unterjacken; wir leben nicht mehr im eisernen Zeitalter, sondern im flanellenen. Flanell ist wirklich jetzt der beste Panzer gegen die Angriffe des schlimmsten Feindes, gegen die Cholera. »Venus würde heutzutage«, sagt »Figaro«, »einen Gürtel von Flanell tragen.« Ich selbst stecke bis am Halse in Flanell, und dünke mich dadurch cholerafest. Auch der König trägt jetzt eine Leibbinde vom besten Bürgerflanell.

Ich darf nicht unerwähnt lassen, daß er, der Bürgerkönig, bei dem allgemeinen Unglücke viel Geld für die armen Bürger hergegeben und sich bürgerlich mitfühlend und edel benommen hat. – Da ich mal im Zuge bin, will ich auch den Erzbischof von Paris loben, welcher ebenfalls im Hôtel-Dieu, nachdem der Kronprinz und Périer dort ihren Besuch abgestattet, die Kranken zu trösten kam. Er hatte längst prophezeit, daß Gott die Cholera als Strafgericht schicken werde um ein Volk zu züchtigen, »welches den allerchristlichsten König fortgejagt und das katholische

Religionsprivilegium in der Charte abgeschafft hat«. Jetzt, wo der Zorn Gottes die Sünder heimsucht, will Hr. v. Quelen sein Gebet zum Himmel schicken und Gnade erflehen, wenigstens für die Unschuldigen; denn es sterben auch viele Karlisten. Außerdem hat Hr. von Quelen, der Erzbischof, sein Schloß Conflans angeboten, zur Errichtung eines Hospitals. Die Regierung hat aber dieses Anerbieten abgelehnt, da dieses Schloß in wüstem, zerstörtem Zustande ist, und die Reparaturen zu viel kosten würden. Außerdem hatte der Erzbischof verlangt, daß man ihm in diesem Hospitale freie Hand lassen müsse. Man durfte aber die Seelen der armen Kranken, deren Leiber schon an einem schrecklichen Übel litten, nicht den quälenden Rettungsversuchen aussetzen, die der Erzbischof und seine geistlichen Gehülfen beabsichtigten; man wollte die verstockten Revolutionssünder lieber ohne Mahnung an ewige Verdammnis und Höllenqual, ohne Beicht und Ölung, an der bloßen Cholera sterben lassen. Obgleich man behauptet, daß der Katholizismus eine passende Religion sei für so unglückliche Zeiten, wie die jetzigen, so wollen doch die Franzosen sich nicht mehr dazu bequemen, aus Furcht, sie würden diese Krankheitsreligion alsdann auch in glücklichen Tagen behalten müssen.

Es gehen jetzt viele verkleidete Priester im Volke herum, und behaupten, ein geweihter Rosenkranz sei ein Schutzmittel gegen die Cholera. Die Saint-Simonisten rechnen zu den Vorzügen ihrer Religion, daß kein Saint-Simonist an der herrschenden Krankheit sterben könne; denn da der Fortschritt ein Naturgesetz sei, und der soziale Fortschritt im Saint-Simonismus liege, so dürfe, solange die Zahl seiner Apostel noch unzureichend ist, keiner von denselben sterben. Die Bonapartisten behaupten: wenn man die Cholera an sich verspüre, so solle man gleich zur Vendômesäule hinaufschauen: man bleibe alsdann am Leben. So hat jeder seinen Glauben in dieser Zeit der Not. Was mich betrifft, ich glaube an Flanell. Gute Diät kann auch nicht schaden, nur muß man wieder nicht zu wenig essen, wie gewisse Leute, die des Nachts die Leibschmerzen des Hungers für Cholera halten. Es ist spaßhaft, wenn man sieht, um welcher Poltronerie die Leute jetzt bei Tische sitzen, und die menschenfreundlichsten Gerichte mit Mißtrauen betrachten, und tiefseufzend die besten Bissen hinunterschlucken. Man soll, haben ihnen die Ärzte gesagt, keine Furcht haben und jeden Ärger vermeiden; nun aber fürchten sie, daß sie sich mal unversehens ärgern möchten, und ärgern sich wieder, daß sie deshalb Furcht hatten. Sie sind jetzt die Liebe selbst, und gebrauchen oft das Wort mon Dieu, und ihre Stimme ist hingehaucht milde, wie die einer Wöchnerin. Dabei riechen sie wie ambulante Apotheken, fühlen sich oft nach dem Bauche, und mit zitternden Augen fragen sie, jede Stunde, nach der Zahl der Toten. Daß man diese Zahl nie genau wußte, oder vielmehr, daß man von der Unrichtigkeit der angegebenen Zahl überzeugt war, füllte die Gemüter mit vagem Schrekken und steigerte die Angst ins Unermeßliche. In der Tat, die Journale haben seitdem eingestanden, daß in Einem Tage, nämlich den zehnten April, an die zweitausend Menschen gestorben sind. Das Volk ließ sich nicht offiziell täuschen, und klagte beständig, daß mehr Menschen stürben, als man angebe. Mein Barbier erzählte nur, daß eine alte Frau auf dem Faubourg Montmartre die ganze Nacht am Fenster sitzen geblieben, um die Leichen zu zählen, die man vorbeitrüge; sie habe dreihundert Leichen gezählt, worauf sie selbst, als der Morgen anbrach, von dem Froste und den Krämpfen der Cholera ergriffen ward und bald verschied. Wo man nur hinsah auf den Straßen, erblickte man Leichenzüge, oder, was noch melancholischer aussieht, Leichenwagen, denen niemand folgte. Da die vorhandenen Leichenwagen nicht zureichten, mußte man allerlei andere Fuhrwerke gebrauchen, die, mit schwarzem

Tuch überzogen, abenteuerlich genug aussahen. Auch daran fehlte es zuletzt, und ich sah Särge in Fiakern fortbringen; man legte sie in die Mitte, so daß aus den offenen Seitentüren die beiden Enden herausstanden. Widerwärtig war es anzuschauen, wenn die großen Möbelwagen, die man beim Ausziehen gebraucht, jetzt gleichsam als Totenomnibusse, als omnibus mortuis, herumfuhren, und sich in den verschiedenen Straßen die Särge aufladen ließen, und sie dutzendweise zur Ruhestätte brachten.

Die Nähe eines Kirchhofs, wo die Leichenzüge zusammentrafen, gewährte erst recht den trostlosesten Anblick. Als ich einen guten Bekannten besuchen wollte und eben zur rechten Zeit kam, wo man seine Leiche auflud, erfaßte mich die trübe Grille, eine Ehre, die er mir mal erwiesen, zu erwidern, und ich nahm eine Kutsche und begleitete ihn nach Père-la-Chaise. Hier nun, in der Nähe dieses Kirchhofs, hielt plötzlich mein Kutscher still, und als ich, aus meinen Träumen erwachend, mich umsah, erblickte ich nichts als Himmel und Särge. Ich war unter einige hundert Leichenwagen geraten, die vor dem engen Kirchhofstore gleichsam Queue machten, und in dieser schwarzen Umgebung, unfähig mich herauszuziehen, mußte ich einige Stunden ausdauern. Aus Langerweile frug ich den Kutscher nach dem Namen meiner Nachbarleiche, und, wehmütiger Zufall! er nannte mir da eine junge Frau, deren Wagen einige Monate vorher, als ich zu Lointier nach einem Balle fuhr, in ähnlicher Weise einige Zeit neben dem meinigen stille halten mußte. Nur daß die junge Frau damals mit ihrem hastigen Blumenköpfchen und lebhaften Mondscheingesichtchen öfters zum Kutschenfenster hinausblickte, und über die Verzögerung ihre holdeste Mißlaune ausdrückte. Jetzt war sie sehr still und vielleicht blau. Manchmal jedoch, wenn die Trauerpferde an den Leichenwagen sich schaudernd unruhig bewegten, wollte es mich bedünken, als regte sich die Ungeduld in den

Toten selbst, als seien sie des Wartens müde, als hätten sie Eile ins Grab zu kommen; und wie nun gar an dem Kirchhofstore ein Kutscher dem andern vorauseilen wollte, und der Zug in Unordnung geriet, die Gendarmen mit blanken Säbeln dazwischen fuhren, hie und da ein Schreien und Fluchen entstand, einige Wagen umstürzten, die Särge auseinander fielen, die Leichen hervorkamen: da glaubte ich die entsetzlichste aller Emeuten zu sehen, eine Totenemeute.

Ich will, um die Gemüter zu schonen, hier nicht erzählen, was ich auf dem Père-la-Chaise gesehen habe. Genug, gefesteter Mann wie ich bin, konnte ich mich doch des tiefsten Grauens nicht erwehren. Man kann an den Sterbebetten das Sterben lernen und nachher mit heiterer Ruhe den Tod erwarten; aber das Begrabenwerden, unter die Choleraleichen, in die Kalkgräber, das kann man nicht lernen. Ich rettete mich so rasch als möglich auf den höchsten Hügel des Kirchhofs, wo man die Stadt so schön vor sich liegen sieht. Eben war die Sonne untergegangen, ihre letzten Strahlen schienen wehmütig Abschied zu nehmen, die Nebel der Dämmerung umhüllten wie weiße Laken das kranke Paris, und ich weinte bitterlich über die unglückliche Stadt, die Stadt der Freiheit, der Begeisterung und des Martyrtums, die Heilandstadt, die für die weltliche Erlösung der Menschheit schon so viel gelitten!

Der Cholera-Tod des Premierministers Périer verleitet den Korrespondenten der Augsburger Allgemeinen *zu einer Prophezeiung, die um so pikanter ist, als sie sich knapp zwanzig Jahre später auf seltsame Weise bewahrheitet hat. Die unter dem Bürgerkönigtum seufzten, sollten in der Tat ihren achtzehnten Brumaire erleben, ausgeführt freilich vom »Neffen des Onkels« und als farcenhafte Wiederholung des ersten, wie nachzulesen ist bei dem brillantesten Freund Heines, dem originellsten Leser seiner Paris-Berichte: Karl Marx.*

Das große allgemeine Übel, die Cholera, entweicht zwar allmählig, aber es hinterläßt viel Betrübung und Bekümmernis. Die Sonne scheint zwar lustig genug, die Menschen gehen wieder lustig spazieren und kosen und lächeln; aber die vielen schwarzen Trauerkleider, die man überall sieht, lassen keine rechte Heiterkeit in unserem Gemüte aufkommen. Eine krankhafte Wehmut scheint jetzt im ganzen Volke zu herrschen, wie bei Leuten, die ein schweres Siechtum überstanden. Nicht bloß auf der Regierung, sondern auch auf der Opposition liegt eine fast sentimentale Mattigkeit. Die Begeisterung des Hasses erlischt, die Herzen versumpfen, im Gehirne verblassen die Gedanken, man betrachtet einander gutmütig gähnend, man ist nicht mehr böse aufeinander, man wird sanftlebig, liebsam, vertröstet, christlich; deutsche Pietisten könnten jetzt hier gute Geschäfte machen.

Man hatte früher Wunder geglaubt, wie schnell sich die Dinge ändern würden, wenn Casimir Périer sie nicht mehr leite. Aber es scheint, als sei unterdessen das Übel inkurabel geworden; nicht einmal durch den Tod Périers kann der Staat genesen.

Daß Périer durch die Cholera fällt, durch ein Weltunglück, dem weder Kraft noch Klugheit widerstehen kann, muß auch seine abgesagtesten Gegner mißstimmen. Der allgemeine Feind hat sich in ihre Bundesgenossenschaft gedrängt, und von solcher Seite kann ihnen auch die wirksamste Hülfleistung nicht sehr behagen. Périer hingegen gewinnt dadurch die Sympathie der Menge, die plötzlich einsieht, daß er ein großer Mann war. Jetzt wo er durch andere ersetzt werden soll, mußte diese Größe bemerkbar werden. Vermochte er auch nicht mit Leichtigkeit den Bogen des Odysseus zu spannen, so hätte er doch vielleicht, wo es Not tat, mit Anstrengung aller seiner Spannkraft, das Werk vollbracht. Wenigstens können jetzt seine Freunde prahlen, er hätte, intervenierte nicht die Cholera, alle seine Vorsätze durchgeführt. Was wird aber aus Frankreich werden? Nun ja, Frankreich ist jene harrende Penelope, die täglich webt und täglich ihr Gewebe wieder zerstört, um nur Zeit zu gewinnen bis zur Ankunft des rechten Mannes. Wer ist dieser rechte Mann? Ich weiß es nicht. Aber ich weiß, er wird den großen Bogen spannen können, er wird den frechen Freiern den Schmaus verleiden, er wird sie mit tödlichen Bolzen bewirten, er wird die doktrinären Mägde, die mit ihnen allen gebuhlt haben, aufhängen, er wird das Haus säubern von der großen Unordnung, und mit Hülfe der weisen Göttin eine bessere Wirtschaft einführen. Wie unser jetziger Zustand, wo die Schwäche regiert, ganz der Zeit des Direktoriums ähnelt, so werden wir auch unseren achtzehnten Brumaire erleben, und der rechte Mann wird plötzlich unter die erblassenden Machthaber treten und ihnen die Endschaft ihrer Regierung ankündigen. Man wird alsdann über Verletzung der Konstitution schreien, wie einst im Rate der Alten, als ebenfalls der rechte Mann kam, welcher das Haus säuberte. Aber wie dieser entrüstet ausrief: »Konstitution! Ihr wagt es noch, Euch auf die Konstitution zu berufen, Ihr, die Ihr sie verletzt habt am 18. Fructidor, verletzt am 22. Floréal, verletzt am 30. Prairial!« so wird der rechte Mann, auch jetzt Tag und Datum anzugeben wissen, wo die Justemilieu-Ministerien die Konstitution verletzt haben.

Der folgende Passus ist eine dreiste, spielerische, noch immer bedenkenswerte Hommage an die »teuren Feinde«, von denen Heine hätte sagen können, man müsse sie erfinden, wenn sie nicht existierten. Ähnlich wie die Zensur oder den lieben Gott.

Daß ich im Julius 1831 mit dem Grafen Moltke, dem Champion des Adels, keinen Federkrieg führen wollte, wird jeder vernünftig fühlende Mensch zu würdigen wissen, wenn er die Natur der Bedrohnisse erwägt, die damals in Deutschland laut geworden.

Die Leidenschaften tobten wilder als je, und es galt damals dem Jakobinismus ebenso kühn die Stirne zu bieten wie einst dem Absolutismus. Unbeweglich in meinen Grundsätzen, haben selbst die Ränke des Jakobinismus nicht vermocht, mich hier, zu Paris, in den dunkelen Strudel hineinzureißen, wo deutscher Unverstand mit französischem Leichtsinn rivalisierte. Ich habe keinen Teil genommen an der hiesigen deutschen Assoziation, außer daß ich ihr bei einer Kollekte für die Unterstützung der freien Presse, einige Franks zollte; lange vor den Juniustagen habe ich den Vorstehern jener Assoziation aufs bestimmteste notifiziert, daß ich nicht mit derselben in weiterer Verbindung stehe. Ich kann daher nur mitleidig die Achsel zucken, wenn ich höre, daß die jesuitisch aristokratische Partei in Deutschland sich zu jener Zeit die größte Mühe gab, mich als einen der Enragés des Tages darzustellen, um mir bei deren Exzessen eine kompromittierende Solidarität aufzubürden.

Es war eine tolle Zeit, und ich hatte meine große Not mit meinen besten Freunden, und ich war sehr besorgt für meine schlimmsten Feinde. Ja, Ihr teuern Feinde, Ihr wißt nicht, wie viel Angst ich um Euch ausgestanden habe. Es war schon die Rede davon, alle verräterische Junker, verleumderische Pfaffen und sonstige Schurken in Deutschland aufzuknüpfen. Wie durfte ich das leiden! Galt es nur, Euch ein bißchen zu züchtigen, Euch auf dem Schloßplatz zu Berlin oder auf dem Schrannenmarkt zu München, in einem gelinden Versmaße, mit Ruten zu streichen, oder Euch die trikolore Kokarde auf die Tonsur zu nageln, oder sonst ein Späßchen mit Euch zu treiben, das hätte ich schon hingehen lassen. Aber daß man Euch geradezu umbringen wollte, das litt ich nicht. Euer Tod wäre ja für mich der größte Verlust gewesen. Ich hätte mir neue Feinde erwerben müssen, vielleicht unter honetten Leuten, welches einem Schriftsteller in den Augen des Publikums sehr schädlich ist. Nichts ist uns ersprießlicher, als wenn wir lauter schlechte Kerle zu Feinden haben. Der HERR hat mich unübersehbar reichlich mit dieser Sorte gesegnet und ich bin froh, daß sie jetzt in Sicherheit sind. Ja, laßt uns ein »Te Metternich laudamus« singen, Ihr teuern Feinde! Ihr waret in der größten Gefahr, gehenkt zu werden, und ich hätte Euch dann auf immer verloren! Jetzt ist wieder alles still, alles wird beigelegt, oder festgesetzt, die Bundesakte wird losgelassen und die Patrioten werden eingesperrt und wir sehen einer langen, süßen, sicheren Ruhe entgegen. Jetzt können wir uns wieder ungestört des alten schönen Verhältnisses erfreuen: ich geißle Euch wieder nach wie vor, und Ihr verleumdet mich wieder nach wie vor. Wie froh bin ich, Euch noch so ungehenkt zu sehen! Euer Leben ist mir teurer, als jemals. Ich kann mich bei Eurem Anblick einer gewissen Rührung nicht erwehren. Ich bitte Euch, schont Eure Gesundheit; verschluckt nicht Euer eigenes Gift, lügt und verleumdet lieber womöglich noch mehr als Ihr zu tun pflegt, das erleichtert das fromme Herz; geht nicht so gebückt und gekrümmt, das schadet der Brust; geht mal ins Theater, wenn eine Raupachsche Tragödie gegeben wird, das heitert auf; versucht eine Abwechselung in Euren Privatvergnügungen, besucht auch einmal ein schönes Mädchen; hütet Euch aber vor des Seilers Töchterlein!

Ihr flattert jetzt wieder an einem langen Faden; aber wer weiß, eines frühen Morgens hängt Ihr an einem kurzen Strick.

Eine Kostprobe darf nicht fehlen aus Heines wenig bekannten Briefen Über die französische Bühne *von 1837, die den Unterschied zwischen französischem und deutschem Theater aus dem gesellschaftlichen wie dem sittlichen Zustand der beiden Nationen ableiten. Mitunter gibt Heine sich in drolliger Selbstironie den Anschein, als sei auch er ein unverbesserlicher Deutscher, der sich nicht abzufinden vermöge mit französischer Liederlichkeit und dem deswegen in den französischen Lustspielen, welche die Ehe, den »Originalschauplatz aller Geschlechtskriege«, in ihrer ganzen zynischen Zerrüttung zeigten, das Lachen in der Kehle stecken bleibe. Ist es der Schroffheit des Kontrasts zuliebe (2. und 3. Brief), daß Heine die Theaterstücke eines Kleist und eines Georg Büchner, den er wohl gar nicht kannte oder die eines Grillparzer, der ihn im Vorjahr in seinem Pariser Domizil aufgesucht und ihn höchst vergnügt mit zwei Grisetten im Bett angetroffen hatte, in diesem Vergleich vergißt und statt dessen die faden Lustspiele und Personen des Doktors Ernst Raupach einer ausführlichen Verhöhnung würdigt (1. Brief)? Im folgenden 4. Brief geht es um die Rolle des Traumes im Leben wie im Trauerspiel beider Völker.*

Ich bin diesen Morgen, liebster Freund, in einer wunderlich weichen Stimmung. Der Frühling wirkt auf mich recht sonderbar. Den Tag über bin ich betäubt und es schlummert meine Seele. Aber des Nachts bin ich so aufgeregt, daß ich erst gegen Morgen einschlafe, und dann umschlingen mich die qualvoll entzückendsten Träume. O schmerzliches Glück, wie beängstigend drücktest du mich an dein Herz vor einigen Stunden! Mir träumte von ihr, die ich nicht lieben will und nicht lieben darf, deren Leidenschaft mich aber dennoch heimlich beseligt. Es war in ihrem Landhause, in dem kleinen, dämmerigen Gemache, wo die wilden Oleanderbäume das Balkonfenster überragen. Das Fenster war offen, und der helle Mond schien zu uns ins Zimmer herein und warf seine silbernen Streiflichter über ihre weißen Arme, die mich so liebevoll umschlossen hielten. Wir schwiegen und dachten nur an unser süßes Elend. An den Wänden bewegten sich die Schatten der Bäume, deren Blüten immer stärker dufteten. Draußen im Garten, erst ferne, dann wieder nahe, ertönte eine Geige, lange, langsam gezogene Töne, jetzt traurig, dann wieder gutmütig heiter, manchmal wie wehmütiges Schluchzen, mitunter auch grollend, aber immer lieblich, schön und wahr... »Wer ist das?« flüsterte ich leise. Und sie antwortete: »Es ist mein Bruder, welcher die Geige spielt.« Aber bald schwieg draußen die Geige, und statt ihrer vernahmen wir einer Flöte schmelzend verhallende Töne, und die klangen so bittend, so flehend, so verblutend, und es waren so geheimnisvolle Klagelaute, daß sie einem die Seele mit wahnsinnigem Grauen erfüllten, daß man an die schauerlichsten Dinge denken mußte, an Leben ohne Liebe, an Tod ohne Auferstehung, an Tränen, die man nicht weinen kann... »Wer ist das?« flüsterte ich leise. Und sie antwortete: »Es ist mein Mann, welcher die Flöte bläst.«

Teurer Freund, schlimmer noch als das Träumen ist das Erwachen.

Wie glücklich sind doch die Franzosen! Sie träumen gar nicht. Ich habe mich genau darnach erkundigt, und dieser Umstand erklärt auch, warum sie mit so wacher Sicherheit ihr Tagesgeschäft verrichten und sich nicht auf unklare, dämmernde Gedanken und Gefühle einlassen, in der

Kunst wie im Leben. In den Tragödien unsrer großen deutschen Dichter spielt der Traum eine große Rolle, wovon französische Trauerspieldichter nicht die geringste Ahnung haben. Ahnungen haben sie überhaupt nicht. Was der Art in neueren französischen Dichtungen zum Vorschein kommt, ist weder dem Naturell des Dichters noch des Publikums angemessen, ist nur den Deutschen nachempfunden, ja am Ende vielleicht nur armselig abgestohlen. Denn die Franzosen begehen nicht bloß Gedankenplagiate, sie entwenden uns nicht bloß poetische Figuren und Bilder, Ideen und Ansichten, sondern sie stehlen uns auch Empfindungen, Stimmungen, Seelenzustände, sie begehen Gefühlsplagiate. Dieses gewahrt man namentlich, wenn einige von ihnen die Gemütsfaseleien der katholisch-romantischen Schule aus der Schlegelzeit jetzt nachheucheln.

Mit wenigen Ausnahmen, können alle Franzosen ihre Erziehung nicht verleugnen; sie sind mehr oder weniger Materialisten, je nachdem sie mehr oder weniger jene französische Erziehung genossen, die ein Produkt der materialistischen Philosophie ist. Daher ist ihren Dichtern die Naivetät, das Gemüt, die Erkenntnis durch Anschauungen und das Aufgehen im angeschauten Gegenstande versagt. Sie haben nur Reflexion, Passion und Sentimentalität.

Ja, ich möchte hier zu gleicher Zeit eine Andeutung aussprechen, die zur Beurteilung mancher deutschen Autoren nützlich wäre: Die Sentimentalität ist ein Produkt des Materialismus. Der Materialist trägt nämlich in der Seele das dämmernde Bewußtsein, daß dennoch in der Welt nicht alles Materie ist; wenn ihm sein kurzer Verstand die Materialität aller Dinge noch so bündig demonstriert, so sträubt sich doch dagegen sein Gefühl; es beschleicht ihn zuweilen das geheime Bedürfnis, in den Dingen auch etwas Urgeistiges anzuerkennen; und dieses unklare Sehnen und Bedürfen erzeugt jene unklare Empfindsamkeit, welche wir Sentimentalität nennen. Sentimentalität ist die Verzweiflung der Materie, die sich selber nicht genügt und nach etwas Besserem, ins unbestimmte Gefühl hinausschwärmt. – Und in der Tat, ich habe gefunden, daß es eben die sentimentalen Autoren waren, die zu Hause, oder wenn ihnen der Wein die Zunge gelöst hatte, in den derbsten Zoten ihren Materialismus auskramten. Der sentimentale Ton, besonders wenn er mit patriotischen, sittlich religiösen Bettelgedanken verbrämt ist, gilt aber bei dem großen Publikum als das Kennzeichen einer schönen Seele!

Frankreich ist das Land des Materialismus; er bekundet sich in allen Erscheinungen des hiesigen Lebens. Manche begabte Geister versuchen zwar seine Wurzeln auszugraben, aber diese Versuche bringen noch größere Mißlichkeiten hervor. In den aufgelockerten Boden fallen die Samenkörner jener spiritualistischen Irrlehren, deren Gift den sozialen Zustand Frankreichs aufs unheilsamste verschlimmert.

Täglich steigert sich meine Angst über die Krisen, die dieser soziale Zustand Frankreichs hervorbringen kann; wenn die Franzosen nur im mindesten an die Zukunft dächten, könnten sie auch keinen Augenblick mit Ruhe ihres Daseins froh werden. Und wirklich freuen sie sich dessen nie mit Ruhe. Sie sitzen nicht gemächlich am Bankette des Lebens, sondern sie verschlucken dort eilig die holden Gerichte, stürzen den süßen Trank hastig in den Schlund und können sich dem Genusse nie mit Wohlbehagen hingeben. Sie mahnen mich an den alten Holzschnitt in unserer Hausbibel, wo die Kinder Israel vor dem Auszug aus Ägypten das Paschahfest begehen, und stehend, reisegerüstet und den Wanderstab in den Händen, ihren Lämmerbraten verzehren. Werden uns in Deutschland die Lebenswonnen auch viel spärlicher zugeteilt, so ist es uns doch vergönnt, sie mit behaglichster Ruhe zu genießen.

Unsere Tage gleiten sanft dahin, wie ein Haar, welches man durch die Milch zieht.

Liebster Lewald, der letztere Vergleich ist nicht von mir, sondern von einem Rabbinen; ich las ihn unlängst in einer Blumenlese rabbinischer Poesie, wo der Dichter das Leben des Gerechten mit einem Haare vergleicht, welches man durch die Milch zieht. Anfangs kotzte ich ein bißchen über dieses Bild, denn nichts wirkt erbrechlicher auf meinen Magen, als wenn ich des Morgens meinen Kaffee trinke und ein Haar in der Milch finde. Nun gar ein langes Haar, welches sich sanft hindurchziehen läßt, wie das Leben des Gerechten! Aber das ist eine Idiosynkrasie von mir; ich will mich durchaus an das Bild gewöhnen, und werde es bei jeder Gelegenheit anwenden. Ein Schriftsteller darf sich nicht seiner Subjektivität ganz überlassen, er muß alles schreiben können, und sollte es ihm noch so übel dabei werden.

Das Leben eines Deutschen gleicht einem Haar, welches durch die Milch gezogen wird. Ja, man könnte der Vergleichung noch größere Vollkommenheit verleihen, wenn man sagte: Das deutsche Volk gleicht einem Zopf von dreißig Millionen zusammengeflochtenen Haaren, welcher in einem großen Milchtopfe seelenruhig herum schwimmt. Die Hälfte des Bildes könnte ich beibehalten und das französische Leben mit einem Milchtopfe vergleichen, worin tausend und abertausend Fliegen hineingestürzt sind, und die einen sich auf den Rücken der andern emporzuschwingen suchen, am Ende aber doch alle zu Grunde gehen, mit Ausnahme einiger wenigen, die sich durch Zufall oder Klugheit bis an den Rand des Topfes zu rudern gewußt, und dort, im Trockenen, aber mit nassen Flügeln, herumkriechen.

Ich habe Ihnen über den sozialen Zustand der Franzosen, aus besonderen Gründen, nur wenige Andeutungen geben wollen, wie sich aber die Verwickelung lösen wird, das vermag kein Mensch zu erraten. Vielleicht naht Frankreich einer schrecklichen Katastrophe. Diejenigen, welche eine Revolution anfangen, sind gewöhnlich ihre Opfer, und solches Schicksal trifft vielleicht Völker eben so gut, wie Individuen. Das französische Volk, welches die große Revolution Europas begonnen, geht vielleicht zu Grunde, während nachfolgende Völker die Früchte seines Beginnens ernten.

Aber hoffentlich irre ich mich. Das französische Volk ist die Katze, welche, sie falle auch von der gefährlichsten Höhe herab, dennoch nie den Hals bricht, sondern unten gleich wieder auf den Beinen steht.

In diesem Porträt des allmächtigen Operndirektors Véron, eines jener wohlbeleibten Bourgeois, die die neue Finanzaristokratie verkörperten, wetteifert Heine mit den großen Karikaturisten der Epoche wie Honoré Daumier, die es auf Véron so leidenschaftlich abgesehen hatten wie auf den Bürgerkönig mit dem Birnenschädel selbst oder auf den kleinen Thiers, deren Konterfeis ja auch durch Heines Paris-Berichte geistern. Zugleich kennzeichnet der Text das Verhältnis der herrschenden Parvenüs zur großen Oper.

Außer Meyerbeer besitzt die Académie royale de Musique wenige Tondichter, von welchen es der Mühe lohnte ausführlich zu reden. Und dennoch befindet sich die französische Oper in der reichsten Blüte, oder, um mich richtiger auszudrücken, sie erfreut sich täglich einer guten Recette. Dieser Zustand des Gedeihens begann vor sechs Jahren durch die Leitung des berühmten Herrn Véron, dessen Prinzipien seitdem von dem neuen Direktor, Herrn Duponchel, mit demselben Erfolg angewendet werden. Ich sage Prinzipien, denn in der Tat, Herr Véron hatte Prinzipien, Resultate seines Nachdenkens in der Kunst und Wissenschaft, und wie er als Apotheker eine vortreffliche Mixtur für den Husten erfunden hat, so erfand er als Operndirektor ein Heilmittel gegen die Musik. Er hatte nämlich an sich selber bemerkt, daß ein Schauspiel von Frankoni ihm mehr Vergnügen machte als die beste Oper; er überzeugte sich, daß der größte Teil des Publikums von denselben Empfindungen beseelt sei, daß die meisten Leute aus Konvenienz in die große Oper gehen, und nur dann sich dort ergötzen, wenn schöne Dekorationen, Kostüme und Tänze so sehr ihre Aufmerksamkeit fesseln, daß sie die fatale Musik ganz überhören. Der große Véron kam daher auf den genialen Gedanken, die Schaulust der Leute in so hohem Grade zu befriedigen, daß die Musik sie gar nicht mehr genieren kann, daß sie in der großen Oper dasselbe Vergnügen finden wie bei Frankoni. Der große Véron und das große Publikum verstanden sich: Jener wußte die Musik unschädlich zu machen und gab unter dem Titel »Oper« nichts als Pracht- und Spektakelstücke; dieses, das Publikum, konnte mit seinen Töchtern und Gattinnen in die große Oper gehen, wie es gebildeten Ständen ziemt, ohne vor langer Weile zu sterben. Amerika war entdeckt, das Ei stand auf der Spitze, das Opernhaus füllte sich täglich, Frankoni ward überboten und machte Bankrott, und Herr Véron ist seitdem ein reicher Mann. Der Name Véron wird ewig leben in den Annalen der Musik; er hat den Tempel der Göttin verschönert, aber sie selbst zur Tür hinausgeschmissen. Nichts übertrifft den Luxus, der in der großen Oper überhand genommen, und diese ist jetzt das Paradies der Harthörigen.

Der jetzige Direktor folgt den Grundsätzen seines Vorgängers, obgleich er zu der Persönlichkeit desselben den ergötzlich schroffsten Kontrast bildet. Haben Sie Herrn Véron jemals gesehen? Im Café de Paris oder auf dem Boulevard Coblence ist sie Ihnen gewiß manchmal aufgefallen, diese feiste karikierte Figur mit dem schief eingedrückten Hute auf dem Kopfe, welcher in einer ungeheuren weißen Krawatte, deren Vatermörder bis über die Ohren reichen, ganz vergraben ist, so daß das rote, lebenslustige Gesicht mit den kleinen blinzelnden Augen nur wenig zum Vorschein kommt. In dem Bewußtsein seiner Menschenkenntnis und seines Gelingens, wälzt er sich so behaglich, so insolent behaglich einher, umgeben von einem Hofstaate junger, mitunter auch ältlicher Dandys der Literatur, die er gewöhnlich mit Champagner oder schönen Figurantinnen regaliert. Es ist der Gott des Materialismus, und sein geistverhöhnender Blick schnitt mir oft peinigend ins Herz, wenn ich ihm begegnete.

Die Romantische Schule, *der erste Teil von Heines Antwort auf das Werk der Madame de Staël* De l'Allemagne *(1810/1813) – den zweiten Teil bildet* Zur Geschichte der Religion und Philosophie in Deutschland – *stieß unmittelbar nach Erscheinen nicht nur in Frankreich und Deutschland, sondern auch in ganz Europa und den Vereinigten Staaten auf ein reges Interesse. Was Wunder, war doch diese Form der Literaturkritik in ihrer Lebendigkeit, Illusions- und Respektlosigkeit wie Entschiedenheit und Sicherheit des Urteils unerhört; so unerhört wie Heines Kunst der Einordnung literarischer Erscheinungen und Ereignisse in den Gesamtprozeß der Welt- wie der eigenen Zeitgeschichte. Hatte Germaine de Staël, von den Gebrüdern Schlegel beraten, »eine indirekte Satire gegen [ihre] Landsleute schreiben wollen« (so Heine) wie Tacitus in der* Germania, *so beläßt die Satire in Heines Deutschland-Texten trotz sich steigernder Zensur-Schikanen es nicht bei Anspielungen, sondern präsentiert den deutschen Romantikerparnaß als eine Galerie von Karikaturen, für die sogar ein Vergleich mit dem berühmten Irrenhaus von*

Charenton, in dem ja der Marquis de Sade eine letzte Bleibe gefunden hatte, noch zu schwach sei: »Ein französischer Wahnsinn ist noch lange nicht so wahnsinnig wie ein deutscher; denn in diesem, wie Polonius sagen würde, ist Methode.« Scherze wie der über die »entsetzliche Gewissenhaftigkeit« des methodischen deutschen Wahnsinns oder die über den haßerfüllten Patriotismus des Deutschen sollten sich in unserem Jahrhundert aufs makaberste bewahrheiten und manche Kritiker, wie Victor Klemperer, haben die Wurzeln des Nationalsozialismus im Irrationalismus der deutschen Romantik zu entdecken vermeint. Demgegenüber insistiert Heine, der sich selbst als »inkarnierten Kosmopolitismus« empfindet, auf der humanistisch-kosmopolitischen Tradition der deutschen Aufklärer und Klassiker von Lessing bis zu Jean Paul. Daß diese nicht immer vom Publikum mitgetragen wurde, geht hier aus den lakonischen Anmerkungen über den Erfolg Goethes hervor, der schon einen Text Walter Benjamins vorwegnimmt: Was die Deutschen lasen, während ihre Klassiker schrieben.

Man irrt sehr, wenn man etwa glaubt, daß Goethe, der damals schon aufgetaucht, bereits allgemein anerkannt gewesen sei. Sein »Götz von Berlichingen« und sein »Werther« waren mit Begeisterung aufgenommen worden, aber die Werke der gewöhnlichsten Stümper waren es nicht minder, und man gab Goethen nur eine kleine Nische in dem Tempel der Literatur. Nur den »Götz« und den »Werther« hatte das Publikum, wie gesagt, mit Begeisterung aufgenommen, aber mehr wegen des Stoffes als wegen ihrer artistischen Vorzüge, die fast niemand in diesen Meisterwerken zu schätzen verstand. Der »Götz« war ein dramatisierter Ritterroman und diese Gattung liebte man damals. In dem »Werther« sah man nur die Bearbeitung einer wahren Geschichte, die des jungen Jerusalem, eines Jünglings der sich aus Liebe totgeschossen, und dadurch in jener windstillen Zeit einen sehr starken Lärm gemacht; man las mit Tränen seine rührenden Briefe; man bemerkte scharfsinnig, daß die Art, wie Werther aus einer adeligen Gesellschaft entfernt geworden, seinen Lebensüberdruß gesteigert habe; die Frage über den Selbstmord gab dem Buche noch mehr Besprechung; einige Narren verfielen auf die Idee sich bei dieser Gelegenheit ebenfalls tot zu schießen; das Buch machte, durch seinen Stoff, einen bedeutenden Knalleffekt. Die Romane von August Lafontaine wurden jedoch eben so gern gelesen, und da dieser unaufhörlich schrieb, so war er berühmter als Wolfgang Goethe. Wieland war der damalige große Dichter mit dem es etwa nur der Herr Odendichter Ramler zu Berlin in der Poesie aufnehmen konnte. Abgöttisch wurde Wieland verehrt, mehr als jemals Goethe. Das Theater beherrschte Iffland mit seinen bürgerlich larmoyanten Dramen und Kotzebue mit seinen banal witzigen Possen.

Diese Literatur war es wogegen sich, während den letzten Jahren des vorigen Jahrhunderts, eine Schule in Deutschland erhob, die wir die romantische genannt, und als deren Gerants sich uns die Herren August Wilhelm und Friedrich Schlegel präsentiert haben. Jena, wo sich diese beiden Brüder nebst vielen gleichgestimmten Geistern auf und zu befanden, war der Mittelpunkt, von wo aus die neue ästhetische Doktrin sich verbreitete. Ich sage Doktrin, denn diese Schule begann mit Beurteilung der Kunstwerke der Vergangenheit und mit dem Rezept zu den Kunstwerken der Zukunft. In diesen beiden Richtungen hat die Schlegelsche Schule große Verdienste um die ästhetische Kritik. Bei der Beurteilung der schon vorhandenen Kunstwerke wurden entweder ihre Mängel und Gebrechen nachgewiesen, oder ihre Vorzüge und Schönheiten beleuchtet. In der Polemik, in jenem Aufdecken der artistischen Mängel und Gebrechen, waren die Herren Schlegel durchaus die Nachahmer des alten Lessings, sie bemächtigten sich seines großen Schlachtschwerts; nur war der Arm des Herren August Wilhelm Schlegel viel zu zart schwächlich und das Auge seines Bruders Friedrich viel zu mystisch umwölkt, als daß jener so stark und dieser so scharftreffend zuschlagen konnte wie Lessing. ⟨...⟩

Wenn aber die Herren Schlegel für die Meisterwerke, die sie sich bei den Poeten ihrer Schule bestellten, keine feste Theorie angeben konnten, so ersetzten sie diesen Mangel dadurch, daß sie die besten Kunstwerke der Vergangenheit als Muster anpriesen und ihren Schülern zugänglich machten. Dieses waren nun hauptsächlich die Werke der christlich-katholischen Kunst des Mittelalters. Die Übersetzung des Shakespeares, der an der Grenze dieser Kunst steht und schon protestantisch klar in unsere moderne Zeit hereinlächelt, war nur zu polemischen Zwecken bestimmt, deren Besprechung hier zu weitläuftig wäre. Auch ward diese Übersetzung von Herrn A.W. Schlegel unternommen, zu einer Zeit als man sich noch nicht ganz ins Mittelalter zurück enthusiasmiert hatte. ⟨...⟩

Unsere Poesie, sagten die Herren Schlegel, ist alt, unsere Muse ist ein altes Weib mit einem Spinnrocken, unser Amor ist kein blonder Knabe, sondern ein verschrumpfter Zwerg mit grauen Haaren, unsere Gefühle sind abgewelkt, unsere Phantasie ist verdorrt: wir müssen uns erfrischen, wir müssen die verschütteten Quellen der naiven, einfältiglichen Poesie des Mittelalters wieder aufsuchen, da sprudelt uns entgegen der Trank der Verjüngung. Das ließ sich das trockne dürre Volk nicht zweimal sagen; besonders die armen Dursthälse, die im märkschen Sande saßen, wollten wieder blühend und jugendlich werden, und sie stürzten nach jenen Wunderquellen, und das soff und schlürfte und schlückerte mit übermäßiger Gier. Aber es erging ihnen wie der alten Kammerjungfer, von welcher man folgendes erzählt: sie hatte bemerkt, daß ihre Dame ein Wunderelexier besaß, das die Jugend wiederherstellt; in Abwesenheit der Dame nahm sie nun aus deren Toilette das Fläschchen, welches jenes Elexier enthielt, statt aber nur einige Tropfen zu trinken, tat sie einen so großen, langen Schluck, daß sie durch die höchstgesteigerte Wunderkraft des verjüngenden Tranks, nicht bloß wieder jung, sondern gar zu einem ganz kleinen Kinde wurde. Wahrlich, so ging es namentlich unserem vortrefflichen Herrn Tieck, einem der besten Dichter der Schule; er hatte von den Volksbüchern und Gedichten des Mittelalters so viel eingeschluckt, daß er fast wieder ein Kind wurde, und zu jener lallenden Einfalt herabblühte, die Frau v. Staël so sehr viele Mühe hatte zu bewundern. Sie gesteht selber, daß es ihr kurios vorkomme, wenn eine Person in einem Drama mit einem Monolog debütiert, welcher mit den Worten anfängt:

Ich bin der wackere Bonifatius, und ich komme Euch zu sagen usw.

Herr Ludwig Tieck hat durch seinen Roman »Sternbalds Wanderungen« und durch die von ihm herausgegebenen und von einem gewissen Wackenroder geschriebenen »Herzensergießungen eines kunstliebenden Klosterbruders« auch den bildenden Künstlern die naiven, rohen Anfänge der Kunst als Muster dargestellt. Die Frömmigkeit und Kindlichkeit dieser Werke, die sich eben in ihrer technischen Unbeholfenheit kund geben, wurde zur Nachahmung empfohlen. Von Raffael wollte man nichts mehr wissen, kaum einmal von seinem Lehrer Ferugino, den man freilich schon höher schätzte, und in welchem man noch Reste jener Vortrefflichkeit entdeckte, deren ganze Fülle man in den unsterblichen Meisterwerken des Fra Giovanni Angelico da Fiesole so andachtsvoll bewunderte. Will man sich hier einen Begriff von dem Geschmacke der damaligen Kunstenthusiasten machen, so muß man nach dem Louvre gehen, wo noch die besten Gemälde jener Meister hängen, die man damals unbedingt verehrte; und will man sich einen Begriff von dem großen

Haufen der Poeten machen, die damals in allen möglichen Versarten die Dichtungen des Mittelalters nachahmten, so muß man nach dem Narrenhaus zu Charenton gehn.

Aber ich glaube jene Bilder im ersten Saale des Louvre sind noch immer viel zu graziöse, als daß man sich dadurch einen Begriff von dem damaligen Kunstgeschmack machen könnte. Man muß sich diese altitalienischen Bilder noch obendrein ins Altdeutsche übersetzt denken. Denn man erachtete die Werke der altdeutschen Maler für noch weit einfältiglicher und kindlicher und also nachahmungswürdiger als die altitalienischen. Denn die Deutschen vermögen ja, hieß es, mit ihrem Gemüt (ein Wort wofür die französische Sprache keinen Ausdruck hat) das Christentum tiefer aufzufassen als andere Nationen, und Friedrich Schlegel und sein Freund Herr Joseph Görres, wühlten in den alten Städten am Rhein nach den Resten altdeutscher Gemälde und Bildwerke, die man, gleich heiligen Reliquien, blindgläubig verehrte.

Ich habe eben den deutschen Parnaß jener Zeit mit Charenton verglichen. Ich glaube aber auch hier habe ich viel zu wenig gesagt. Ein französischer Wahnsinn ist noch lange nicht so wahnsinnig wie ein deutscher; denn in diesem, wie Polonius sagen würde, ist Methode. Mit einer Pedanterie ohne Gleichen, mit einer entsetzlichen Gewissenhaftigkeit, mit einer Gründlichkeit, wovon sich ein oberflächlicher französischer Narr nicht einmal einen Begriff machen kann, trieb man jene deutsche Tollheit.

Der politische Zustand Deutschlands war der christlich altdeutschen Richtung noch besonders günstig. Not lehrt beten, sagt das Sprüchwort, und wahrlich nie war die Not in Deutschland größer, und daher das Volk dem Beten, der Religion, dem Christentum, zugänglicher als damals. Kein Volk hegt mehr Anhänglichkeit für seine Fürsten wie das deutsche, und mehr noch als der traurige Zustand worin das Land durch den Krieg und die Fremdherrschaft geraten, war es der jammervolle Anblick ihrer besiegten Fürsten, die sie zu den Füßen Napoleons kriechen sahen, was die Deutschen aufs unleidlichste betrübte; das ganze Volk glich jenen treuherzigen alten Dienern in großen Häusern die alle Demütigungen, welche ihre gnädige Herrschaft erdulden muß, noch tiefer empfinden als diese selbst, und die im Verborgenen ihre kummervollsten Tränen weinen wenn etwa das herrschaftliche Silberzeug verkauft werden soll, und die sogar ihre ärmlichen Ersparnisse heimlich dazu verwenden, daß nicht bürgerliche Talglichter statt adliger Wachskerzen auf die herrschaftliche Tafel gesetzt werden; wie wir solches, mit hinlänglicher Rührung, in den alten Schauspielen sehen. Die allgemeine Betrübnis fand Trost in der Religion, und es entstand ein pietistisches Hingeben in den Willen Gottes, von welchem allein die Hülfe erwartet wurde. Und in der Tat, gegen den Napoleon konnte auch gar kein anderer helfen als der liebe Gott selbst. Auf die weltlichen Heerscharen war nicht mehr zu rechnen, und man mußte vertrauungsvoll den Blick nach dem Himmel wenden.

Wir hätten auch den Napoleon ganz ruhig ertragen. Aber unsere Fürsten, während sie hofften durch Gott von ihm befreit zu werden, gaben sie auch zugleich dem Gedanken Raum daß die zusammengefaßten Kräfte ihrer Völker dabei sehr mitwirksam sein möchten: man suchte in dieser Absicht den Gemeinsinn unter den Deutschen zu wecken, und sogar die allerhöchsten Personen sprachen jetzt von deutscher Volkstümlichkeit, vom gemeinsamen deutschen Vaterlande, von der Vereinigung der christlich germanischen Stämme, von der Einheit Deutschlands. Man befahl uns den Patriotismus und wir wurden Patrioten; denn wir tun alles was uns unsere Fürsten befehlen. Man muß sich aber unter diesem Patriotismus nicht dasselbe Gefühl denken, das hier in Frankreich diesen Namen führt. Der Patriotismus des Franzosen besteht darin daß sein Herz erwärmt wird, durch diese Wärme sich ausdehnt, sich erweitert, daß es nicht mehr bloß die nächsten Angehörigen, sondern ganz Frankreich, das ganze Land der Zivilisation, mit seiner Liebe umfaßt; der Patriotismus des Deutschen hingegen besteht darin daß sein Herz enger wird, daß es sich zusammenzieht wie Leder in der Kälte, daß er das Fremdländische haßt, daß er nicht mehr Weltbürger, nicht mehr Europäer, sondern nur ein enger Deutscher sein will. Da sahen wir nun das idealische Flegeltum, das Herr Jahn in System gebracht; es begann die schäbige, plumpe, ungewaschene Opposition gegen eine Gesinnung die eben das Herrlichste und Heiligste ist was Deutschland hervorgebracht hat, nämlich gegen jene Humanität, gegen jene allgemeine Menschen-Verbrüderung, gegen jenen Kosmopolitismus, dem unsere großen Geister, Lessing, Herder, Schiller, Goethe, Jean Paul, dem alle Gebildeten in Deutschland immer gehuldigt haben.

Was sich bald darauf in Deutschland ereignete, ist Euch allzuwohl bekannt. Als Gott, der Schnee und die Kosaken die besten Kräfte des Napoleon zerstört hatten, erhielten wir Deutsche den allerhöchsten Befehl uns vom fremden Joche zu befreien und wir loderten auf in männlichem Zorn ob der allzulang ertragenen Knechtschaft und wir begeisterten uns durch die guten Melodien und schlechten Verse der Körnerschen Lieder, und wir erkämpften die Freiheit; denn wir tun alles was uns von unseren Fürsten befohlen wird.

In der Periode wo dieser Kampf vorbereitet wurde, mußte eine Schule, die dem französischen Wesen feindlich gesinnt war, und alles deutsch Volkstümliche in Kunst und Leben hervorrühmte, ihr trefflichstes Gedeihen finden. Die romantische Schule ging damals Hand in Hand mit dem Streben der Regierungen und der geheimen Gesellschaften, und Herr A. W. Schlegel konspirierte gegen Racine zu demselben Ziel, wie der Minister Stein gegen Napoleon konspirierte. Die Schule schwamm mit dem Strom der Zeit, nämlich mit dem Strom, der nach seiner Quelle zurückströmte. Als endlich der deutsche Patriotismus und die deutsche Nationalität vollständig siegte, triumphierte auch definitiv die volkstümlich germanisch christlich romantische Schule, die »neu-deutsch-religiös-patriotische Kunst«. Napoleon, der große Klassiker, der so klassisch wie Alexander und Cäsar, stürzte zu Boden, und die Herren August Wilhelm und Friedrich Schlegel, die kleinen Romantiker, die ebenso romantisch wie das Däumchen und der gestiefelte Kater, erhoben sich als Sieger.

Heine ist nicht nur ein Meister des Verrisses; er versteht sich auch auf die Hommage. Sein Bekenntnis zu Lessing zeugt von seiner geistigen Liebesfähigkeit (vgl. III, 371ff.). Davon zeugt auch sein Porträt des Homer-Übersetzers Johann Heinrich Voß, in das eine Polemik gegen die Schlegels und eine Theorie der Übersetzung sowie eine der Polemik eingeschrieben sind, letztere mit deutlich apologetischer Tendenz und ironischen Seitenhieben aufs deutsche Publikum, das es Heine verübelte, wenn er mit Gegnern wie Platen oder, später, Börne verfuhr, so wie Heine selbst es hier dem Voß nachrühmt. Der Rückblick auf Vossens Polemik gegen den Grafen Stolberg dient der Vorbereitung der berühmten Würdigung Goethes. Voß wird gepriesen als ein Muster protestantischer Redlichkeit und als der größte Bürger in der deutschen Literatur nach Lessing. Heine verteidigt diesen altmodisch ehrlichen, treuherzigen Mann gegen seine romantischen Verächter, jene »neuen Troubadouren, ⟨die⟩ so somnambülisch kränklich, so ritterlich vornehm und so genial unnatürlich waren« und obendrein über kurz oder lang samt und sonders katholisch wurden.

Goethe, der große Baum, an dem, solange er wuchs und

gedieh, alle Welt in Deutschland sich ärgerte. Selbst Heine hat in seine Rinde nicht nur Huldigungen eingeritzt. Doch im Unterschied zu gewissen allzu politisierten Jungdeutschen vergißt Heine zu keiner Zeit, wer Goethe ist und was die Nation, die Welt, die Literatur ihm verdanken. Der Verfasser der Romantischen Schule *ist einer der wenigen, die im nachhinein ihren Kollegenneid auf Goethe öffentlich eingestehen; immerhin kann er von sich sagen, er habe »in Goethe nie den Dichter angegriffen, sondern nur den Menschen«. So klar allerdings ist diese Unterscheidung nicht durchzuhalten, und wenn er Goethes Werken das Menschliche abspricht und sie als »unglückliche Mischlinge von Gottheit und Stein« charakterisiert, so scheint er den unter Jungdeutschen verbreiteten Wunsch, die Vaterfigur Goethe zu entmannen, durch Projektion der Idee von Sterilität in dessen Werke doch heimlich sich zu erfüllen. Die Sühne für jenen Übergriff geschieht da, wo Heine Goethe Homer und Shakespeare an die Seite stellt. Wer Heines Kommentar zum* West-Östlichen Divan *nicht kennt (III, 402ff.), der sollte ihn unbedingt in der* Romantischen Schule *nachlesen, selten sind die Lyrik wie die Prosa dieses lange nur den Eingeweihten vertrauten Spätwerkes so schön beschrieben und so tief verstanden worden.*

Späterhin spreche ich von den neuen Dichtern, die während der Goetheschen Kaiserzeit hervortraten. Das ist ein junger Wald, dessen Stämme erst jetzt ihre Größe zeigen, seitdem die hundertjährige Eiche gefallen ist, von deren Zweigen sie so weit überragt und überschattet wurden.

Es fehlte, wie schon gesagt, nicht an einer Opposition, die gegen Goethe, diesen großen Baum, mit Erbitterung eiferte. Menschen von den entgegengesetztesten Meinungen vereinigten sich zu solcher Opposition. Die Altgläubigen, die Orthodoxen, ärgerten sich, daß in dem Stamme des großen Baumes keine Nische mit einem Heiligenbildchen befindlich war, ja, daß sogar die nackten Dryaden des

Heidentums darin ihr Hexenwesen trieben, und sie hätten gern, mit geweihter Axt, gleich dem heiligen Bonifatius, diese alte Zaubereiche niedergefällt; die Neugläubigen, die Bekenner des Liberalismus, ärgerten sich im Gegenteil, daß man diesen Baum nicht zu einem Freiheitsbaum, und am allerwenigsten zu einer Barrikade benutzen konnte. In der Tat, der Baum war zu hoch, man konnte nicht auf seinen Wipfel eine rote Mütze stecken und darunter die Carmagnole tanzen. Das große Publikum aber verehrte diesen Baum eben weil er so selbständig herrlich war, weil er so lieblich die ganze Welt mit seinem Wohlduft erfüllte, weil seine Zweige so prachtvoll bis in den Himmel ragten, so daß es aussah, als seien die Sterne nur die goldnen Früchte des großen Wunderbaums.

»Les dieux s'en vont.« Das erste Buch der Romantischen Schule *schließt mit einem Nachruf auf den unerreichbar großen Goethe. Die literaturkritische Vatertötung spart sich Heine für den Beginn des zweiten Buches auf. Hier kommt er auf die »Chorführer der neuen Schule« zu sprechen, die Goethes Posten gar zu gern besetzt hätten, auf die Gebrüder Schlegel, die romantischen Dioskuren. Die Besprechung des älteren der Schlegel, der den jungen Bonner Studenten Harry Heine bei seinen ersten akademischen wie poetischen Gehversuchen begleitet, ihm »viel metrische Geheimnisse aufgeschlossen« hatte, ist ausdrücklich als Vatertötung konzipiert, jedoch nicht als tragisch-ödipale, sondern als komisch-skabröse: »Denn in der Literatur wie in den Wäldern der nordamerikanischen Wilden werden die Väter von den Söhnen totgeschlagen, sobald sie alt und schwach geworden.« Boshaft und indiskret bis zum Abgefeimten, wie dieser unsterbliche Verriß des bedauernswerten August Wilhelm Schlegel auch ist, enthält er doch allerlei poetische Gerechtigkeit in*

Form von bedeutenden Argumenten gegen Schlegels eigene Literaturkritik. Heine widerspricht nicht nur der Abwertung gerade der klassischen französischen Theaterautoren durch Schlegel, er enthüllt nicht nur die Arroganz der Attitüde des Kunstrichters, er legt außerdem die Motive dieser Abwertung und ihre Logik bloß: den unbedingten Haß der ewig Gestrigen gegen alles Moderne, das sie schon bei Molière und Racine, ja bei Euripides gewittert hätten. Bemerken wir noch, daß die Karikatur August Wilhelms flankiert ist von zwei gleichfalls übermütigen, wenn auch ungleich nuancierteren Schriftstellerportärts, dem Friedrich Schlegels (III, 407-411) und dem Ludwig Tiecks (III, 421-431). Diesem bescheinigt Heine, er sei ein Dichter, jenem bescheinigt er, ein echter Kritiker gewesen zu sein.

Herr A. W. Schlegel ist geboren zu Hannover den 5ten September 1767. Ich weiß das nicht von ihm selber. Ich war nie so ungalant ihn über sein Alter zu befragen. Jenes Datum fand ich, wenn ich nicht irre, in Schindels »Lexikon der deutschen Schriftstellerinnen«. Herr A. W. Schlegel ist daher jetzt 64 Jahre alt. Herr Alexander v. Humboldt und andere Naturforscher behaupten er sei älter. Auch Champollion war dieser Meinung. Wenn ich von seinen literarischen Verdiensten reden soll, so muß ich ihn wieder zunächst als Übersetzer rühmen. Hier hat er unbestreitbar das Außerordentliche geleistet. Namentlich seine Übertragung des Shakespeare in die deutsche Sprache ist meisterhaft, unübertreffbar. Vielleicht mit Ausnahme des Herren Gries und des Herren Grafen Platen, ist Herr A. W. Schlegel überhaupt der größte Metriker Deutschlands. In allen übrigen Tätigkeiten gebührt ihm nur der zweite, wo nicht gar der dritte Rang. In der ästhetischen Kritik fehlt ihm, wie ich schon gesagt, der Boden einer Philosophie, und weit überragen ihn andere Zeitgenossen, namentlich Solger. Im Studium des Altdeutschen steht turmhoch über ihn erhaben Herr Jakob Grimm, der uns, durch seine deutsche Grammatik, von jener Oberflächlichkeit befreite, womit man, nach dem Beispiel der Schlegel, die altdeutschen Sprachdenkmale erklärt hatte. Herr Schlegel konnte es vielleicht im Studium des Altdeutschen weit bringen, wenn er nicht ins Sanskrit hinübergesprungen wäre. Aber das Altdeutsche war außer Mode gekommen und mit dem Sanskrit konnte man frisches Aufsehen erregen. Auch hier blieb er gewissermaßen Dilettant, die Initiative seiner Gedanken gehört noch seinem Bruder Friedrich, und das Wissenschaftliche, das Reelle in seinen sanskritschen Leistungen gehört, wie jeder weiß, dem Herren Lassen, seinem gelehrten Kollaborator. Herr Franz Bopp zu Berlin ist in Deutschland der eigentliche Sanskritgelehrte, er ist der Erste in seinem Fache. In der Geschichtskunde hat sich Herr Schlegel einmal an dem Ruhme Niebuhrs, den er angriff, festkrämpen wollen; aber vergleicht man ihn mit diesem großen Forscher, oder vergleicht man ihn mit einem Johannes v. Müller, einem Heeren, einem Schlosser und ähnlichen Historikern, so muß man über ihn die Achsel zucken. Wie weit hat er es aber als Dichter gebracht? Dies ist schwer zu bestimmen.

Der Violinspieler Solomons, welcher dem König von England, Georg III., Unterricht gab, sagte einst zu seinem erhabenen Schüler: »die Violinspieler werden eingeteilt in drei Klassen; zur ersten Klasse gehören die, welche gar nicht spielen können, zur zweiten Klasse gehören die, welche sehr schlecht spielen, und zur dritten Klasse gehören endlich die, welche gut spielen; Ew. Majestät hat sich schon bis zur zweiten Klasse emporgeschwungen«.

Gehört nun Herr A. W. Schlegel zur ersten Klasse oder zur zweiten Klasse? Die Einen sagen, er sei gar kein Dichter; die Anderen sagen, er sei ein sehr schlechter Dichter. So viel weiß ich, er ist kein Paganini.

Seine Berühmtheit erlangte Herr A. W. Schlegel eigentlich nur durch die unerhörte Keckheit, womit er die vorhandenen literarischen Autoritäten angriff. Er riß die Lorbeerkränze von den alten Perücken und erregte bei dieser Gelegenheit viel Puderstaub. Sein Ruhm ist eine natürliche Tochter des Skandals.

Wie ich schon mehrmals erwähnt, die Kritik, womit Herr Schlegel die vorhandenen Autoritäten angriff, beruhte durchaus auf keiner Philosophie. Nachdem wir von jenem Erstaunen, worin jede Vermessenheit uns versetzt, zurückgekommen, erkennen wir ganz und gar die innere Leerheit der sogenannten Schlegelschen Kritik. Z. B. wenn er den Dichter Bürger herabsetzen will, so vergleicht er dessen Balladen mit den altenglischen Balladen, die Percy gesammelt, und er zeigt wie diese viel einfacher, naiver, altertümlicher und folglich poetischer gedichtet seien. Hinlänglich begriffen hat Herr Schlegel den Geist der Vergangenheit, besonders des Mittelalters, und es gelingt ihm daher diesen Geist auch in den Kunstdenkmälern der Vergangenheit nachzuweisen, und ihre Schönheiten aus diesem Gesichtspunkte zu demonstrieren. Aber alles was Gegenwart ist, begreift er nicht; höchstens erlauscht er nur etwas von der Physiognomie, einige äußerliche Züge der Gegenwart, und das sind gewöhnlich die minder schönen Züge; indem er nicht den Geist begreift, der sie belebt, so sieht er in unserm ganzen modernen Leben nur eine prosaische Fratze. Überhaupt, nur ein großer Dichter vermag die Poesie seiner eignen Zeit zu erkennen; die Poesie einer Vergangenheit offenbart sich uns weit leichter, und ihre Erkenntnis ist leichter mitzuteilen. Daher gelang es Herrn Schlegel beim großen Haufen die Dichtungen, worin die Vergangenheit eingesargt liegt, auf Kosten der Dichtungen, worin unsere moderne Gegenwart atmet und lebt, emporzupreisen. Aber der Tod ist nicht poetischer als das Leben. Die altenglischen Gedichte, die Percy gesammelt, geben den Geist ihrer Zeit, und Bürgers Gedichte geben den Geist der unsrigen. Diesen Geist begriff Herr Schlegel nicht; sonst würde er in dem Ungestüm, womit dieser Geist zuweilen aus den Bürgerschen Gedichten hervorbricht, keineswegs den rohen Schrei eines ungebildeten Magisters gehört haben, sondern vielmehr die gewaltigen Schmerzlaute eines Titanen, welchen eine Aristokratie von hannövrischen Junkern und Schulpedanten zu Tode quälten. Dieses war nämlich die Lage des Verfassers der »Leonore«, und die Lage so mancher anderen genialen Menschen, die als arme Dozenten in Göttingen darbten, verkümmerten, und in Elend starben. Wie konnte der vornehme, von vornehmen Gönnern beschützte, renovierte, baronisierte, bebänderte Ritter August Wilhelm von Schlegel jene Verse begreifen, worin Bürger laut ausruft: daß ein Ehrenmann, ehe er die Gnade der Großen erbettle, sich lieber aus der Welt heraushungern solle!

Der Name »Bürger« ist im Deutschen gleichbedeutend mit dem Worte citoyen.

Was den Ruhm des Herrn Schlegel noch gesteigert, war das Aufsehen, welches er später hier in Frankreich erregte, als er auch die literarischen Autoritäten der Franzosen angriff. Wir sahen mit stolzer Freude, wie unser kampflustiger Landsmann den Franzosen zeigte, daß ihre ganze klassische Literatur nichts wert sei, daß Molière ein Possenreißer und kein Dichter sei, daß Racine ebenfalls nichts tauge, daß man uns Deutschen hingegen als die Könige des Parnassus betrachten müsse. Sein Refrain war immer, daß die Franzosen das prosaischste Volk der Welt seien und daß es in Frankreich gar keine Poesie gäbe. Dieses sagte der Mann zu einer Zeit, als vor seinen Augen noch so mancher Chorführer der Konvention, der großen Titanentragödie, leibhaftig umherwandelte; zu einer Zeit als Napoleon jeden Tag ein gutes Epos improvisierte, als Paris wimmelte von Helden, Königen und Göttern… Herr Schlegel hat jedoch von dem allem nichts gesehen; wenn er hier war, sah er sich selber beständig im Spiegel, und da ist es wohl erklärlich, daß er in Frankreich gar keine Poesie sah.

Vielleicht aber erzeige ich Herrn A. W. Schlegel eine unverdiente Ehre, indem ich ihm bestimmte Sympathien und Antipathien beimesse. Es ist möglich, daß er gar keine hatte. Er war in seiner Jugend ein Hellenist und wurde erst später ein Romantiker. Er wurde Chorführer der neuen Schule, diese wurde nach ihm und seinem Bruder benamset, und er selber war vielleicht derjenige, dem es mit der Schlegelschen Schule am wenigsten Ernst war. Er unterstützte sie mit seinen Talenten, er studierte sich in sie hinein, er freute sich damit so lang es gut ging, und als es mit der Schule ein schlechtes Ende nahm, hat er sich wieder in ein neues Fach hineinstudiert.

Obgleich nun die Schule zu Grunde ging, so haben doch die Anstrengungen des Herren Schlegel gute Früchte getragen für unsere Literatur. Namentlich hatte er gezeigt, wie man wissenschaftliche Gegenstände in eleganter Sprache behandeln kann. Früherhin wagten wenige deutsche Gelehrte ein wissenschaftliches Buch in einem klaren und anziehenden Stile zu schreiben. Man schrieb ein verworrenes, trockenes Deutsch, welches nach Talglichtern und Tabak roch. Herr Schlegel gehörte zu den wenigen Deutschen die keinen Tabak rauchen, eine Tugend, welche er der Gesellschaft der Frau v. Staël verdankte. Überhaupt verdankt er jener Dame die äußere Politur, welche er in Deutschland mit so vielem Vorteil geltend machen konnte. In dieser Hinsicht war der Tod der vortrefflichen Frau v. Staël ein großer Verlust für diesen deutschen Gelehrten, der in ihrem Salon so viele Gelegenheit fand, die neuesten Moden kennen zu lernen, und, als ihr Begleiter in allen Hauptstädten Europas, die schöne Welt sehen und sich die schönsten Weltsitten aneignen konnte. Solche bildende Verhältnisse waren ihm so sehr zum heiteren Lebensbedürfnis geworden, daß er, nach dem Tode seiner edlen Beschützerin, nicht abgeneigt war, der berühmten Catalani seine Begleitung auf ihren Reisen anzubieten.

Wie gesagt, die Beförderung der Eleganz ist ein Hauptverdienst des Herren Schlegel, und durch ihn kam auch in das Leben der deutschen Dichter mehr Zivilisation. Schon Goethe hatte das einflußreichste Beispiel gegeben, wie man ein deutscher Dichter sein kann, und dennoch den äußerlichen Anstand zu bewahren vermag. In früheren Zeiten verachteten die deutschen Dichter alle konventionellen Formen, und der Name »deutscher Dichter« oder gar der Name »poetisches Genie« erlangte die unerfreulichste Bedeutung. Ein deutscher Dichter war ehemals ein Mensch, der einen abgeschabten, zerrissenen Rock trug, Kindtauf- und Hochzeitgedichte für einen Taler das Stück verfertigte, statt der guten Gesellschaft, die ihn abwies, desto bessere Getränke genoß, auch wohl des Abends betrunken in der Gosse lag, zärtlich geküßt von Lunas gefühlvollen Strahlen. Wenn sie alt geworden, pflegten diese Menschen noch tiefer in ihr Elend zu versinken, und es war freilich ein Elend ohne Sorge, oder dessen einzige Sorge darin besteht: wo man den meisten Schnaps für das wenigste Geld haben kann?

So hatte auch ich mir einen deutschen Dichter vorgestellt. Wie angenehm verwundert war ich daher Anno 1819, als ich, ein ganz junger Mensch, die Universität Bonn besuchte, und dort die Ehre hatte, den Herrn Dichter A.W. Schlegel, das poetische Genie, von Angesicht zu Angesicht zu sehen. Es war, mit Ausnahme des Napoleon, der erste große Mann den ich damals gesehen, und ich werde nie diesen erhabenen Anblick vergessen. Noch heute fühle ich den heiligen Schauer, der durch meine Seele zog, wenn ich vor seinem Katheder stand und ihn sprechen hörte. Ich trug damals einen weißen Flauschrock, eine rote Mütze, lange blonde Haare und keine

Handschuhe. Herr A.W. Schlegel trug aber Glacéhandschuh und war noch ganz nach der neuesten Pariser Mode gekleidet; er war noch ganz parfümiert von guter Gesellschaft und eau de mille fleurs; er war die Zierlichkeit und die Eleganz selbst, und wenn er vom Großkanzler von England sprach, setzte er hinzu »mein Freund«, und neben ihm stand sein Bedienter in der freiherrlichst Schlegelschen Hauslivree, und putzte die Wachslichter, die auf silbernen Armleuchtern brannten, und nebst einem Glase Zuckerwasser vor dem Wundermanne auf dem Katheder standen. Livreebedienter! Wachslichter! silberne Armleuchter! mein Freund der Großkanzler von England! Glacéhandschuh! Zuckerwasser! welche unerhörte Dinge im Kollegium eines deutschen Professors! Dieser Glanz blendete uns junge Leute nicht wenig, und mich besonders, und ich machte auf Herren Schlegel damals drei Oden, wovon jede anfing mit den Worten: O du, der du, usw. Aber nur in der Poesie hätte ich es gewagt, einen so vornehmen Mann zu duzen. Sein Äußeres gab ihm wirklich eine gewisse Vornehmheit. Auf seinem dünnen Köpfchen glänzten nur noch wenige silberne Härchen, und sein Leib war so dünn, so abgezehrt, so durchsichtig, daß er ganz Geist zu sein schien, daß er fast aussah wie ein Sinnbild des Spiritualismus.

Trotzdem hatte er damals geheuratet, und er, der Chef der Romantiker, heuratete die Tochter des Kirchenrat Paulus zu Heidelberg, des Chefs der deutschen Rationalisten. Es war eine symbolische Ehe, die Romantik vermählte sich gleichsam mit dem Rationalismus; sie blieb aber ohne Früchte. Im Gegenteil, die Trennung zwischen der Romantik und dem Rationalismus wurde dadurch noch größer, und schon gleich am andern Morgen nach der Hochzeitnacht lief der Rationalismus wieder nach Hause, und wollte nichts mehr mit der Romantik zu schaffen haben. Denn der Rationalismus, wie er denn immer vernünftig ist, wollte nicht bloß symbolisch vermählt sein, und, sobald er die hölzerne Nichtigkeit der romantischen Kunst erkannt, lief er davon. Ich weiß, ich rede hier dunkel und will mich daher so klar als möglich ausdrücken:

Typhon, der böse Typhon, haßte den Osiris (welcher, wie Ihr wißt, ein ägyptischer Gott ist), und als er ihn in seine Gewalt bekam, riß er ihn in Stücken. Isis, die arme Isis, die Gattin des Osiris, suchte diese Stücke mühsam zusammen, flickte sie aneinander und es gelang ihr den zerrissenen Gatten wieder ganz herzustellen; ganz? ach nein, es fehlte ein Hauptstück, welches die arme Göttin nicht wiederfinden konnte, arme Isis! Sie mußte sich daher begnügen mit einer Ergänzung von Holz, aber Holz ist nur Holz, arme Isis! Hierdurch entstand nun in Ägypten ein skandaloser Mythos und in Heidelberg ein mystischer Skandal.

Heine beansprucht für die Deutschen das Monopol auf Gespenstergeschichten, denn, so ruft er, an die Franzosen gewendet, aus, »das Grauenhafte ist nicht Euer Fach«. Das hat Théophile Gautier zu einer freundschaftlich-spielerischen Erwiderung provoziert; aber die eigentliche Replik sollten die wirklich modernen Pariser Dichter Heine geben, nach 1848 allerdings: Gérard de Nerval mit Aurélia *und Charles Baudelaire mit den* Tableaux parisiens *der* Fleurs du Mal, *in denen sich die Verse finden: »Fourmillante cité, cité pleine de rêves, / Où le spectre en plein jour raccroche le passant!«* (Les sept Vieillards; *was Friedhelm Kemp übersetzt: »Wimmelnde Stadt, Stadt voller Träume, wo das Gespenst sich am hellen Tag an den Passanten heftet!«). Verse, die zugleich Motive der Lyrik Heines zu beschwören scheinen, um sie auf modernste Pariser Verhältnisse im Sinne einer Geschichtsphilosophie der ewigen Wiederkehr des gleichen anzuwenden, verwandt derjenigen des späten Nietzsche. Und natür-*

lich gehört in den Kontext der Modernisierung dieser exklusiv deutschen romantischen Gespensterthese – ein ander Mal nennt Heine die Christen »das Geistervolk«: »Unsere Nachkommen werden schaudern, wenn sie einst lesen, welch ein gespenstisches Dasein wir geführt.« (I, 545) – auch der Beginn des Kommunistischen Manifests *im Tonfall Heines: »Ein Gespenst geht um in Europa – das Gespenst des Kommunismus. Alle Mächte des alten Europas haben sich zu einer heiligen Hetzjagd gegen dieses Gespenst verbündet, der Papst und der Zar, Metternich und Guizot, französische Radikale und deutsche Polizisten.« Spätestens im Jahre 1848 hat eine moderne Form von Gespensterfurcht selbst die Pariser Radikalen erfaßt.*

Ihr Franzosen solltet doch endlich einsehen, daß das Grauenhafte nicht Euer Fach, und daß Frankreich kein geeigneter Boden für Gespenster jener Art. Wenn Ihr Gespenster beschwört, müssen wir lachen. Ja, wir Deutschen, die wir bei Euren heitersten Witzen ganz ernsthaft bleiben können, wir lachen desto herzlicher bei Euren Gespenstergeschichten. Denn Eure Gespenster sind doch immer Franzosen; und französische Gespenster! welch ein Widerspruch in den Worten! In dem Wort »Gespenst« liegt so viel Einsames, Mürrisches, Deutsches, Schweigendes, und in dem Worte »Französisch« liegt hingegen so viel Geselliges, Artiges, Französisches, Schwatzendes! Wie könnte ein Franzose ein Gespenst sein, oder gar wie könnten in Paris Gespenster existieren! In Paris, im Foyer der europäischen Gesellschaft! Zwischen zwölf und ein Uhr, der Stunde, die nun einmal von jeher den Gespenstern zum Spuken angewiesen ist, rauscht noch das lebendigste Leben in den Gassen von Paris, in der Oper klingt eben dann das brausendste Finale, aus den Variétés und dem Gymnase strömen die heitersten Gruppen, und das wimmelt und tänzelt und lacht und schäkert auf den Boulevards, und man geht in die Soiree. Wie müßte sich ein armes spukendes Gespenst unglücklich fühlen in dieser heiteren Menschenbewegung! Und wie könnte ein Franzose, selbst wenn er tot ist, den zum Spuken nötigen Ernst beibehalten, wenn ihn von allen Seiten die bunteste Volkslust umjauchzt! Ich selbst, obgleich ein Deutscher, im Fall ich tot wäre und hier in Paris des Nachts spuken sollte, ich könnte meine Gespensterwürde gewiß nicht behaupten, wenn mir etwa an einer Straßenecke irgend eine jener Göttinnen des Leichtsinns entgegenrennte, die einem dann so köstlich ins Gesicht zu lachen wissen. Gäbe es wirklich in Paris Gespenster, so bin ich überzeugt, gesellig wie die Franzosen sind, sie würden sich sogar als Gespenst einander anschließen, sie würden bald Gespensterreunions bilden, sie würden ein Totenkaffeehaus stiften, eine Totenzeitung herausgeben, eine Pariser Totenrevue, und es gäbe bald Totensoirees, où l'on fera de la musique. Ich bin überzeugt, die Gespenster würden sich hier in Paris weit mehr amüsieren als bei uns die Lebenden. Was mich betrifft, wüßte ich, daß man solcherweise in Paris als Gespenst existieren könnte, ich würde den Tod nicht mehr fürchten. Ich würde nur Maßregeln treffen, daß ich am Ende auf dem Père-Lachaise beerdigt werde und in Paris spuken kann, zwischen zwölf und ein Uhr. Welche köstliche Stunde! Ihr deutschen Landsleute, wenn Ihr nach meinem Tode mal nach Paris kommt, und mich des Nachts hier als Gespenst erblickt, erschreckt nicht; ich spuke nicht in furchtbar unglücklich deutscher Weise, ich spuke vielmehr zu meinem Vergnügen.

Da man, wie ich in allen Gespenstergeschichten gelesen, gewöhnlich an den Orten spuken muß, wo man Geld begraben hat, so will ich aus Vorsorge einige Sous irgendwo auf den Boulevards begraben. Bis jetzt habe ich zwar schon in Paris Geld totgeschlagen, aber nie begraben.

O Ihr armen französischen Schriftsteller, Ihr solltet doch

endlich einsehen, daß Eure Schauerromane und Spukgeschichten ganz unpassend sind für ein Land, wo es entweder gar keine Gespenster gibt, oder wo doch die Gespenster so gesellschaftlich heiter wie wir anderen sich gehaben würden. Ihr kommt mir vor wie die Kinder, die sich Masken vors Gesicht halten, um sich einander Furcht einzujagen. Es sind ernsthafte, furchtbare Larven, aber durch die Augenluken schauen fröhliche Kinderaugen. Wir Deutschen hingegen tragen zuweilen die freundlich jugendlichsten Larven, und aus den Augen lauscht der greise Tod. Ihr seid ein zierliches, liebenswürdiges, vernünftiges und lebendiges Volk, und nur das Schöne und Edle und Menschliche liegt im Bereiche Eurer Kunst. Das haben schon Eure älteren Schriftsteller eingesehen, und Ihr, die neueren, werdet am Ende ebenfalls zu dieser Einsicht gelangen. Laßt ab vom Schauerlichen und Gespenstischen. Laßt uns Deutschen alle Schrecknisse des Wahnsinns, des Fiebertraums und der Geisterwelt. Deutschland ist ein gedeihlicheres Land für alte Hexen, tote Bärenhäuter, Golems jedes Geschlechts, und besonders für Feldmarschälle wie der kleine Cornelius Nepos. Nur jenseits des Rheins können solche Gespenster gedeihen; nimmermehr in Frankreich. Als ich hierher reiste, begleiteten mich meine Gespenster bis an die französische Grenze. Da nahmen sie betrübt von mir Abschied. Denn der Anblick der dreifarbigen Fahne verscheucht die Gespenster jeder Art. – O! ich möchte mich auf den Straßburger Münster stellen, mit einer dreifarbigen Fahne in der Hand, die bis nach Frankfurt reichte. Ich glaube, wenn ich die geweihte Fahne über mein teures Vaterland hinüberschwenkte, und die rechten exorzierenden Worte dabei ausspräche: die alten Hexen würden auf ihren Besenstielen davonfliegen, die kalten Bärenhäuter würden wieder in ihre Gräber hinabkriechen, die Golems würden wieder als eitel Lehm zusammenfallen, der Feldmarschall Cornelius Nepos kehrte wieder zurück nach dem Orte, woher er gekommen, und der ganze Spuk wäre zu Ende.

Im ironischen Lob Victor Cousins, des Staatsphilosophen des Bürgerkönigs und eklektischen Verfassers der Schrift über das Wahre, Gute und Schöne, des gefeierten Mittlers zwischen Deutschland und Frankreich, der einst seinen deutschen Freunden, den verfeindeten Philosophen Hegel und Schelling treuherzig versichert hatte, er verstehe sie beide nicht und er liebe sie doch beide, in diesem Lob auf Cousin zieht Heine noch einmal alle Register seiner Kunst der Persiflage. Der Text ist auch deshalb lebendig geblieben, weil die Cousins – und die Cousinen – beileibe noch nicht ausgestorben sind. Groß in der Tat sind solche Mittler zu nennen, die sich europäisches Denken aus mancher großen Herren und Frauen Ländern anzueignen wissen, ohne auch nur eine der Sprachen zu verstehen, worin dies Denken schriftlich niedergelegt wurde: »durch bloße intuitive Anschauung«. Wir verehren und preisen ihre erhabene Ignoranz oder vielmehr ihre ignorante Erhabenheit mit derselben Inbrunst, mit welcher Heine Victor Cousin pries und verehrte. Und dies um so mehr, als sie jedenfalls in der neudeutschen Spielart des rasanten Euro-Eklektikers, hierin den alten Cousin noch überbietend, der eigenen Muttersprache sich desto mehr entfremden, je weniger es ihnen gelingt, sich auf die fremdsprachlichen, unterwegs aufgeschnappten Brocken, einen Reim zu machen.

Welcher große Mann ist aber jemals der Persiflage seiner Zeitgenossen entgangen? Haben die Athener mit ihren attischen Epigrammen den großen Alexander verschont? Haben die Römer nicht Spottlieder auf Cäsar gesungen? Haben die Berliner nicht Pasquille gegen Friedrich den

Großen gedichtet? Herren Cousin trifft dasselbe Schicksal, welches schon Alexander, Cäsar und Friedrich getroffen, und noch viele andere große Männer, mitten in Paris, treffen wird. Je größer der Mann, desto leichter trifft ihn der Pfeil des Spottes. Zwerge sind schon schwerer zu treffen.

Die Masse aber, das Volk, liebt nicht den Spott. Das Volk, wie das Genie, wie die Liebe, wie der Wald, wie das Meer, ist von ernsthafter Natur, es ist abgeneigt jedem boshaften Salonwitz, und große Erscheinungen erklärt es in tiefsinnig mystischer Weise. Alle seine Auslegungen tragen einen poetischen, wunderbaren, legendenhaften Charakter. So z. B. Paganinis erstaunliches Violinspiel sucht das Volk dadurch zu erklären, daß dieser Musiker aus Eifersucht seine Geliebte ermordet, deshalb lange Jahre im Gefängnisse zugebracht, dort zur einzigen Erheiterung nur eine Violine besessen und, indem er sich Tag und Nacht darauf übte, endlich die höchste Meisterschaft auf diesem Instrumente erlangt habe. Die philosophische Virtuosität des Herren Cousin sucht das Volk in ähnlicher Weise zu erklären, und man erzählt: daß einst die deutschen Regierungen unseren großen Eklektiker für einen Freiheitshelden angesehen und festgesetzt haben, daß er im Gefängnisse kein anderes Buch außer Kants »Kritik der reinen Vernunft« zu lesen bekommen, daß er aus langer Weile beständig darin studiert, und daß er dadurch jene Virtuosität in der deutschen Philosophie erlangte, die ihm späterhin, in Paris, so viele Applaudissements erwarb, als er die schwierigsten Passagen derselben öffentlich vortrug.

Dieses ist eine sehr schöne Volkssage, märchenhaft, abenteuerlich, wie die von Orpheus, von Bileam, dem Sohne Boers, von Quaser dem Weisen, von Buddah, und jedes Jahrhundert wird daran modeln, bis endlich der Name Cousin eine symbolische Bedeutung gewinnt, und die Mythologen in Herren Cousin nicht mehr ein wirkliches Individuum sehen, sondern nur die Personifikation des Märtyrers der Freiheit, der, im Kerker sitzend, Trost sucht in der Weisheit, in der »Kritik der reinen Vernunft«; ein künftiger Ballanche sieht vielleicht in ihm eine Allegorie seiner Zeit selbst, eine Zeit, wo die Kritik und die reine Vernunft und die Weisheit gewöhnlich im Kerker saß.

Was nun wirklich diese Gefangenschaftsgeschichte des Herren Cousin betrifft, so ist sie keineswegs ganz allegorischen Ursprungs. Er hat, in der Tat, einige Zeit, der Demagogie verdächtig, in einem deutschen Gefängnisse zugebracht, eben so gut wie Lafayette und Richard Löwenherz. Daß aber Herr Cousin dort, in seinen Mußestunden, Kants »Kritik der reinen Vernunft« studiert habe, ist, aus drei Gründen, zu bezweifeln. Erstens: dieses Buch ist auf deutsch geschrieben. Zweitens: man muß deutsch verstehen, um dieses Buch lesen zu können. Und drittens: Herr Cousin versteht kein deutsch.

Ich will dieses, bei Leibe! nicht in tadelnder Absicht gesagt haben. Die Größe des Herren Cousin tritt um so greller ins Licht, wenn man sieht, daß er die deutsche Philosophie erlernt hat, ohne die Sprache zu verstehen, worin sie gelehrt wird. Dieser Genius, wie überragt er dadurch uns gewöhnliche Menschen, die wir nur mit großer Mühe diese Philosophie verstehen, obgleich wir mit der deutschen Sprache von Kind auf ganz vertraut sind! Das Wesen eines solchen Genius wird uns immer unerklärlich bleiben; das sind jene intuitive Naturen, denen Kant das spontaneische Begreifen der Dinge in ihrer Totalität zuschreibt, im Gegensatz zu uns gewöhnlichen analytischen Naturen, die wir erst durch ein Nacheinander und durch Kombination der Einzelteile die Dinge zu begreifen wissen. Kant scheint schon geahnt zu haben, daß einst ein solcher Mann erscheinen werde, der sogar seine »Kritik der reinen Vernunft«, durch bloße intuitive Anschauung, verstehen wird, ohne diskursiv analytisch deutsch gelernt zu haben. Vielleicht aber sind die Franzosen überhaupt glücklicher organisiert wie wir Deutschen, und ich habe bemerkt, daß man ihnen von einer Doktrin, von einer gelehrten Untersuchung, von einer wissenschaftlichen Ansicht nur ein Weniges zu sagen braucht, und dieses Wenige wissen sie so vortrefflich in ihrem Geiste zu kombinieren und zu verarbeiten, daß sie alsdann die Sache noch weit besser verstehen wie wir selber und uns über unser eignes Wissen belehren können. Es will mich manchmal bedünken, als seien die Köpfe der Franzosen, eben so wie ihre Kaffeehäuser, inwendig mit lauter Spiegeln versehen, so daß jede Idee, die ihnen in den Kopf gelangt, sich dort unzähligemal reflektiert: eine optische Einrichtung, wodurch sogar die engsten und dürftigsten Köpfe sehr weit und strahlend erscheinen. Diese brillanten Köpfe, eben so wie die glänzenden Kaffeehäuser, pflegen einen armen Deutschen, wenn er zuerst nach Paris kömmt, sehr zu blenden.

Ich fürchte, ich komme aus den süßen Gewässern des Lobes unversehens in das bittere Meer des Tadels. Ja, ich kann nicht umhin den Herren Cousin wegen eines Umstandes bitter zu tadeln: nämlich Er, der die Wahrheit liebt noch mehr als den Plato und den Tennemann, Er ist ungerecht gegen sich selber, er verleumdet sich selber, indem er uns einreden möchte, er habe aus der Philosophie der Herren Schelling und Hegel allerlei entlehnt. Gegen diese Selbstanschuldigung muß ich Herren Cousin in Schutz nehmen. Auf Wort und Gewissen! dieser ehrliche Mann hat aus der Philosophie der Herren Schelling und Hegel nicht das Mindeste gestohlen, und wenn er als ein Andenken von diesen beiden etwas mit nach Hause gebracht hat, so war es nur ihre Freundschaft. Das macht seinem Herzen Ehre. Aber von solchen fälschlichen Selbstanklagen gibt es viele Beispiele in der Psychologie. Ich kannte einen Mann, der von sich selber aussagte: er habe an der Tafel des

Königs silberne Löffel gestohlen; und doch wußten wir alle, daß der arme Teufel nicht hoffähig war, und sich dieses Löffeldiebstahls anklagte, um uns glauben zu machen, er sei im Schlosse zu Gaste gewesen.

Der Text über Cousin dient nebenbei dazu, die Notwendigkeit einer wirklichen Aufklärung der Franzosen über deutsche Philosophie zu belegen. Eine Aufgabe, der sich Heine im Pendant zur Romantischen Schule *unterzog, in dem Essay* Zur Geschichte der Religion und Philosophie in Deutschland, *der 1833 und 1834 geschrieben und ins Französische übersetzt wurde.*

Nicht nur Moses Heß, das europäische Publikum insgesamt bestaunte mehr oder minder scheel, mehr oder minder dankbar Heines Fähigkeit, die »unverständlichen Abstraktionen der spekulativen Philosophie in eine volkstümliche Sprache zu übersetzen«, wie Heß dies im Nekrolog auf Heine 1856 ausdrückte. Heine selbst hat dies besonders heikle Problem der Übersetzung auf den ersten Seiten seines Essays beherzt angepackt: »Was helfen dem Volke die verschlossenen Kornkammern, wozu es keinen Schlüssel hat? ⟨…⟩ Ich glaube, es ist nicht Talentlosigkeit, was die meisten deutschen Gelehrten davon abhält, über Religion und Philosophie sich populär auszusprechen. Ich glaube, es ist die Scheu vor den Resultaten des eigenen Denkens, die sie nicht wagen, dem Volke mitzuteilen. Ich, ich habe nicht diese Scheu, denn ich bin kein Gelehrter, ich selber bin Volk.« Als Volksvertreter in des Wortes unverfälschter Bedeutung plaudert Heine dann das »Schulgeheimnis« der deutschen Philosophie aus, das sich prächtig vereinbaren läßt mit den utopischen Sozialismen, die in den dreißiger und vierziger Jahren in Europa an Zulauf gewinnen. Das folgende ist eine frühe prosaische und dialektisch ausgepichte Version der Verkün-

digung einer neuen Menschheitsreligon im Caput I des Wintermärchen. *Was sich als fortschrittstrunkene Prophezeiung gibt, ist zunächst einmal ein politisches Postulat: die nüchterne Erinnerung an das Recht des einzelnen, nicht exploitiert zu werden, sondern frei und glücklich zu leben. Kühn ist nicht so sehr der womöglich nicht ganz aufrichtige Optimismus als vielmehr die bei Heine stets wiederkehrende Kritik an der Entsagungsdoktrin des Christentums, wodurch er den Junghegelianern den Weg bereitet.*

Doch sehen wir überall die Lehre von den beiden Prinzipien hervortreten; dem guten Christus steht der böse Satan entgegen; die Welt des Geistes wird durch Christus, die Welt der Materie durch Satan repräsentiert; jenem gehört unsere Seele, diesem unser Leib; und die ganze Erscheinungswelt, die Natur, ist demnach ursprünglich böse, und Satan, der Fürst der Finsternis, will uns damit ins Verderben locken, und es gilt allen sinnlichen Freuden des Lebens zu entsagen, unsern Leib, das Lehn Satans, zu peinigen, damit die Seele sich desto herrlicher emporschwinge in den lichten Himmel, in das strahlende Reich Christi.

Diese Weltansicht, die eigentliche Idee des Christentums, hatte sich, unglaublich schnell, über das ganze römische Reich verbreitet, wie eine ansteckende Krankheit, das ganze Mittelalter hindurch dauerten die Leiden, manchmal Fieberwut, manchmal Abspannung, und wir Modernen fühlen noch immer Krämpfe und Schwäche in den Gliedern. Ist auch mancher von uns schon genesen, so kann er doch der allgemeinen Lazarettluft nicht entrinnen, und er fühlt sich unglücklich als der einzig Gesunde unter lauter Siechen. Einst wenn die Menschheit ihre völlige Gesundheit wieder erlangt, wenn der Friede zwischen Leib und Seele wieder hergestellt, und sie wieder in ursprünglicher Harmonie sich durchdringen: dann wird man den künstlichen Hader, den das Christentum zwischen beiden gestiftet, kaum begreifen können. Die glücklichern und schöneren Generationen, die, gezeugt durch freie Wahlumarmung, in einer Religion der Freude emporblühen, werden wehmütig lächeln über ihre armen Vorfahren, die sich aller Genüsse dieser schönen Erde trübsinnig enthielten, und, durch Abtötung der warmen farbigen Sinnlichkeit, fast zu kalten Gespenstern verblichen sind! Ja, ich sage es bestimmt, unsere Nachkommen werden schöner und glücklicher sein als wir. Denn ich glaube an den Fortschritt, ich glaube, die Menschheit ist zur Glückseligkeit bestimmt, und ich hege also eine größere Meinung von der Gottheit als jene frommen Leute, die da wähnen, er habe den Menschen nur zum Leiden erschaffen. Schon hier auf Erden möchte ich, durch die Segnungen freier politischer und industrieller Institutionen, jene Seligkeit etablieren, die, nach der Meinung der Frommen, erst am jüngsten Tage, im Himmel, stattfinden soll. Jenes ist vielleicht eben so wie dieses eine törigte Hoffnung, und es gibt keine Auferstehung der Menschheit, weder im politisch moralischen, noch im apostolisch katholischen Sinne.

Die Menschheit ist vielleicht zu ewigem Elend bestimmt, die Völker sind vielleicht auf ewig verdammt von Despoten zertreten, von den Spießgesellen derselben exploitiert, und von den Lakaien verhöhnt zu werden.

Ach in diesem Falle müßte man das Christentum, selbst wenn man es als Irrtum erkannt, dennoch zu erhalten suchen, man müßte in der Mönchskutte und barfuß durch Europa laufen, und die Nichtigkeit aller irdischen Güter und Entsagung predigen, und den gegeißelten und verspotteten Menschen das tröstende Kruzifix vorhalten, und ihnen nach dem Tode, dort oben, alle sieben Himmel versprechen.

Vielleicht eben, weil die Großen dieser Erde ihrer Obermacht gewiß sind, und im Herzen beschlossen haben sie ewig zu unserem Unglück zu mißbrauchen, sind sie von der Notwendigkeit des Christentums für ihre Völker überzeugt, und es ist im Grunde ein zartes Menschlichkeitsgefühl, daß sie sich für die Erhaltung dieser Religion so viele Mühe geben!

Das endliche Schicksal des Christentums ist also davon abhängig, ob wir dessen noch bedürfen.

Beispielhaft für Heines originelle Vulgarisierung der Philosophie ist die Parallele zwischen Robespierre und Kant, aufgefaßt als die extremen Verkörperungen des terroristischen Spießbürgertums, das Adel und Kirche den Garaus machte. Zugleich klingt ein Lieblingsthema des Dichters an: das Verhältnis des Wortes zur Tat, und ein zweites: das der kranken alten Welt zur künftigen genesenen.

Es geht die Sage, daß ein englischer Mechanikus, der schon die künstlichsten Maschinen erdacht, endlich auch auf den Einfall geraten, einen Menschen zu fabrizieren; dieses sei ihm auch endlich gelungen, das Werk seiner Hände konnte sich ganz wie ein Mensch gebärden und betragen, es trug in der ledernen Brust sogar eine Art menschlichen Gefühls, das von den gewöhnlichen Gefühlen der Engländer nicht gar zu sehr verschieden war, es konnte in artikulierten Tönen seine Empfindungen mitteilen, und eben das Geräusch der inneren Räder, Raspeln und Schrauben, das man dann vernahm, gab diesen Tönen eine echtenglische Aussprache; kurz dieses Automat war ein vollendeter Gentleman, und zu einem echten Menschen fehlte ihm gar nichts als eine Seele. Diese aber hat ihm der englische Mechanikus nicht geben können, und das arme Geschöpf, das sich solchen Mangels bewußt worden, quälte nun Tag und Nacht seinen Schöpfer mit der Bitte, ihm eine Seele zu geben. Solche Bitte, die sich immer dringender wiederholte, wurde jenem Künstler endlich so unerträglich, daß er vor seinem eignen Kunstwerk die Flucht ergriff. Das Automat aber nahm gleich Extrapost, verfolgte ihn nach dem Kontinente, reist beständig hinter ihm her, erwischt ihn manchmal, und schnarrt und grunzt ihm dann entgegen: Give me a soul! Diesen beiden Gestalten begegnen wir nun in allen Ländern, und nur wer ihr besonderes Verhältnis kennt, begreift ihre sonderbare Hast und ihren ängstlichen Mißmut. Wenn man aber dieses besondere Verhältnis kennt, so sieht man darin wieder etwas Allgemeines, man sieht, wie ein Teil des englischen Volks seines mechanischen Daseins überdrüssig ist und eine Seele verlangt, der andere Teil aber aus Angst vor solcherlei Begehrnis in die Kreuz und die Quer getrieben wird, beide aber es daheim nicht mehr aushalten können.

Dieses ist eine grauenhafte Geschichte. Es ist entsetzlich, wenn die Körper, die wir geschaffen haben, von uns eine Seele verlangen. Weit grauenhafter, entsetzlicher, unheimlicher ist es jedoch, wenn wir eine Seele geschaffen und diese von uns ihren Leib verlangt und uns mit diesem Verlangen verfolgt. Der Gedanke, den wir gedacht, ist eine solche Seele, und er läßt uns keine Ruhe bis wir ihm seinen Leib gegeben, bis wir ihn zur sinnlichen Erscheinung gefördert. Der Gedanke will Tat, das Wort will Fleisch werden. Und wunderbar! der Mensch, wie der Gott der Bibel, braucht nur seinen Gedanken auszusprechen, und es gestaltet sich die Welt, es wird Licht oder es wird Finsternis, die Wasser sondern sich von dem Festland, oder gar wilde Bestien kommen zum Vorschein. Die Welt ist die Signatur des Wortes.

Dieses merkt Euch, Ihr stolzen Männer der Tat. Ihr seid nichts als unbewußte Handlanger der Gedankenmänner, die oft in demütigster Stille Euch all Eur Tun aufs Bestimmteste vorgezeichnet haben. Maximilian Robespierre war nichts als die Hand von Jean Jacques Rousseau, die blutige Hand, die aus dem Schoße der Zeit den Leib hervorzog, dessen Seele Rousseau geschaffen. Die unstete Angst, die dem Jean Jacques das Leben verkümmerte, rührte sie vielleicht daher, daß er schon im Geiste ahnte, welch eines Geburtshelfers seine Gedanken bedurften, um leiblich zur Welt zu kommen?

Der alte Fontenelle hatte vielleicht Recht als er sagte: wenn ich alle Gedanken dieser Welt in meiner Hand trüge, so würde ich mich hüten sie zu öffnen. Ich meinesteils, ich denke anders. Wenn ich alle Gedanken dieser Welt in meiner Hand hätte – ich würde Euch vielleicht bitten, mir die Hand gleich abzuhauen; auf keinen Fall hielte ich sie so lange verschlossen. Ich bin nicht dazu geeignet ein Kerkermeister der Gedanken zu sein. Bei Gott! ich laß sie los. Mögen sie sich immerhin zu den bedenklichsten Erscheinungen verkörpern, mögen sie immerhin, wie ein toller Bacchantenzug, alle Lande durchstürmen, mögen sie mit ihren Thyrsusstäben unsere unschuldigsten Blumen zerschlagen, mögen sie immerhin in unsere Hospitäler hereinbrechen, und die kranke alte Welt aus ihren Betten jagen – es wird freilich mein Herz sehr bekümmern und ich selber werde dabei zu Schaden kommen! Denn ach! ich gehöre ja selber zu dieser kranken alten Welt, und mit Recht sagt der Dichter: wenn man auch seiner Krücken spottet, so kann man darum doch nicht besser gehen. Ich bin der Krankste von Euch allen und um so bedauernswürdiger, da ich weiß was Gesundheit ist. Ihr aber, Ihr wißt es nicht, Ihr Beneidenswerten! Ihr seid kapabel zu sterben, ohne es selbst zu merken. Ja, viele von Euch sind längst tot und behaupten, jetzt erst beginne ihr wahres Leben. Wenn ich solchem Wahnsinn widerspreche, dann wird man mir gram und schmäht mich – und entsetzlich! die Leichen springen an mich heran, und schimpfen, und mehr noch als ihre Schmähworte belästigt mich ihr Moderduft... Fort, Ihr Gespenster! ich spreche jetzt von einem Manne, dessen Name schon eine exorzierende Macht ausübt, ich spreche von Immanuel Kant!

Man sagt, die Nachtgeister erschrecken, wenn sie das Schwert eines Scharfrichters erblicken – Wie müssen sie erst erschrecken, wenn man ihnen Kants »Kritik der reinen Vernunft« entgegenhält! Dieses Buch ist das Schwert, womit der Deismus hingerichtet worden in Deutschland.

Ehrlich gestanden, Ihr Franzosen, in Vergleichung mit uns Deutschen seid Ihr zahm und moderant. Ihr habt höchstens einen König töten können, und dieser hatte schon den Kopf verloren, ehe Ihr köpftet. Und dabei mußtet Ihr so viel trommeln und schreien und mit den Füßen trampeln, daß es den ganzen Erdkreis erschütterte. Man erzeigt wirklich dem Maximilian Robespierre zu viel Ehre, wenn man ihn mit dem Immanuel Kant vergleicht. Maximilian Robespierre, der große Spießbürger von der Rue Saint-Honoré, bekam freilich seine Anfälle von Zerstörungswut, wenn es das Königtum galt, und er zuckte dann furchtbar genug in seiner regiziden Epilepsie; aber sobald vom höchsten Wesen die Rede war, wusch er sich den weißen Schaum wieder vom Munde und das Blut von den Händen, und zog seinen blauen Sonntagsrock an, mit den Spiegelknöpfen, und steckte noch obendrein einen Blumenstrauß vor seinen breiten Brustlatz.

Die Lebensgeschichte des Immanuel Kant ist schwer zu beschreiben. Denn er hatte weder Leben noch Geschichte. Er lebte ein mechanisch geordnetes, fast abstraktes Hagestolzenleben, in einem stillen, abgelegenen Gäßchen zu Königsberg, einer alten Stadt an der nordöstlichen Grenze Deutschlands. Ich glaube nicht, daß die große Uhr der dortigen Kathedrale leidenschaftsloser und regelmäßiger ihr äußeres Tagewerk vollbrachte, wie ihr Landsmann Immanuel Kant. Aufstehn, Kaffeetrinken, Schreiben, Kollegienlesen, Essen, Spazierengehn, alles hatte seine bestimmte Zeit, und die Nachbaren wußten ganz genau, daß die Glocke halb vier sei, wenn Immanuel Kant in seinem grauen Leibrock, das spanische Röhrchen in der Hand, aus seiner Haustüre trat, und nach der kleinen Lindenallee wandelte, die man seinetwegen noch jetzt den Philosophengang nennt. Achtmal spazierte er dort auf und ab, in jeder Jahreszeit, und wenn das Wetter trübe war oder die grauen Wolken einen Regen verkündigten, sah man seinen Diener, den alten Lampe, ängstlich besorgt hinter ihm drein wandeln, mit einem langen Regenschirm unter dem Arm, wie ein Bild der Vorsehung. Sonderbarer Kontrast zwischen dem äußeren Leben des Mannes und seinen zerstörenden, weltzermalmenden Gedanken! Wahrlich, hätten die Bürger von Königsberg die ganze Bedeutung dieses Gedankens geahnt, sie würden vor jenem Manne eine weit grauenhaftere Scheu empfunden haben als vor einem Scharfrichter, vor einem Scharfrichter, der nur Menschen hinrichtet – aber die guten Leute sahen in ihm nichts anderes als einen Professor der Philosophie, und wenn er zur bestimmten Stunde vorbeiwandelte, grüßten sie freundlich, und richteten etwa nach ihm ihre Taschenuhr.

Wenn aber Immanuel Kant, dieser große Zerstörer im Reiche der Gedanken, an Terrorismus den Maximilian Robespierre weit übertraf, so hat er doch mit diesem manche Ähnlichkeiten, die zu einer Vergleichung beider Männer auffordern. Zunächst finden wir in beiden dieselbe unerbittliche, schneidende, poesielose, nüchterne Ehrlichkeit. Dann finden wir in beiden dasselbe Talent des Mißtrauens, nur daß es der eine gegen Gedanken ausübt und Kritik nennt, während der andere es gegen Menschen anwendet und republikanische Tugend betitelt. Im höchsten Grade jedoch zeigt sich in beiden der Typus des Spießbürgertums – die Natur hatte sie bestimmt, Kaffee und Zucker zu wiegen, aber das Schicksal wollte, daß sie andere Dinge abwögen, und legte dem Einen einen König und dem Anderen einen Gott auf die Wagschale …

In die schöne Besprechung der Philosophie Fichtes, deren Höhepunkt ein ausführliches Briefzitat bildet, in dem der Verfasser der Wissenschaftslehre *versichert, man verfolge in ihm »einen Freidenker, der anfängt sich verständlich zu machen (Kants Glück war seine Obskurität) und einen verschrieenen Demokraten«, schaltet Heine eine Betrachtung über die Isoliertheit und Verspätung der deutschen Revolutionsmänner ein, über die typisch deutschen Exilschicksale von Jakobinern wie Georg Forster, denen nur die Wahl bleibe, »daheim im Gefängnisse, oder auf einer Dachstube in der Fremde« zu verfaulen. Die Melancholie gewisser Briefe Georg Büchners ist aus diesem Abschnitt herauszuhören, aber gemildert von dem Gedanken an die unverbrüchliche Kontinuität der republikanischen Tradition.*

Ich bemerke nochmals, daß dieser Brief nicht von gestern ist, sondern das Datum des 22. Mai 1799 trägt. Die politischen Verhältnisse jener Zeit haben eine gar betrübende Ähnlichkeit mit den neuesten Zuständen in Deutschland; nur daß damals der Freiheitssinn mehr unter Gelehrten, Dichtern und sonstigen Literaten blühete, heutigen Tags aber unter diesen viel minder, sondern weit mehr in der großen aktiven Masse, unter Handwerkern und Gewerbsleuten sich ausspricht. Während zur Zeit der ersten Revolution die bleiern deutscheste Schlafsucht auf dem Volke lastete, und gleichsam eine brutale Ruhe in ganz Germanien herrschte, offenbarte sich in unserer Schriftwelt das wildeste Gären und Wallen. Der einsamste Autor, der in irgend einem abgelegenen Winkelchen Deutschlands lebte, nahm Teil an dieser Bewegung; fast sympathetisch, ohne von den politischen Vorgängen genau unterrichtet zu sein, fühlte er ihre soziale Bedeutung, und sprach sie aus in seinen Schriften. Dieses Phänomen mahnt mich an die großen Seemuscheln, welche wir zuweilen als Zierat auf unsere Kamine stellen, und die, wenn sie auch noch so weit vom Meere entfernt sind, dennoch plötzlich zu rauschen beginnen, sobald dort die Flutzeit eintritt und die Wellen gegen die Küste heranbrechen. Als hier in Paris, in dem großen Menschen-Ozean, die Revolution losflutete, als es hier brandete und stürmte, da rauschten und brausten jenseits des Rheins die deutschen Herzen ... Aber sie waren so isoliert, sie standen unter lauter fühllosem Porzellan, Teetassen und Kaffeekannen und chinesischen Pagoden, die mechanisch mit dem Kopfe nickten, als wüßten sie, wovon die Rede sei. Ach! unsere armen Vorgänger in Deutschland mußten für jene Revolutionssympathie sehr arg büßen. Junker und Pfäffchen übten an ihnen ihre plumpsten und gemeinsten Tücken. Einige von ihnen flüchteten nach Paris und sind hier in Armut und Elend verkommen und verschollen. Ich habe jüngst einen blinden Landsmann gesehen, der noch seit jener Zeit in Paris ist; ich sah ihn im Palais-Royal wo er sich ein bißchen an der Sonne gewärmt hatte. Es war schmerzlich anzusehen, wie er blaß und mager war und sich seinen Weg an den Häusern weiter fühlte. Man sagte mir, es sei der alte dänische Dichter Heiberg. Auch die Dachstube habe ich jüngst gesehen, wo der Bürger Georg Forster gestorben. Den Freiheitsfreunden, die in Deutschland blieben, wäre es aber noch weit schlimmer ergangen, wenn nicht bald Napoleon und seine Franzosen uns besiegt hätten. Napoleon hat gewiß nie geahnt, daß er selber der Retter der Ideologie gewesen. Ohne ihn wären unsere Philosophen mitsamt ihren Ideen durch Galgen und Rad ausgerottet worden. Die deutschen Freiheitsfreunde jedoch, zu republikanisch gesinnt, um dem Napoleon zu huldigen, auch zu großmütig, um sich der Fremdherrschaft anzuschließen, hüllten sich seitdem in ein tiefes Schweigen. Sie gingen traurig herum mit gebrochenen Herzen, mit geschlossenen Lippen. Als Napoleon fiel, da lächelten sie, aber wehmütig, und schwiegen; sie nahmen fast gar keinen Teil an dem patriotischen Enthusiasmus, der damals, mit allerhöchster Bewilligung, in Deutschland emporjubelte. Sie wußten, was sie wußten, und schwiegen. Da diese Republikaner eine sehr keusche, einfache Lebensart führen, so werden sie gewöhnlich sehr alt, und als die Juliusrevolution ausbrach, waren noch viele von ihnen am Leben, und nicht wenig wunderten wir uns, als die alten Käuze, die wir sonst immer so gebeugt und fast blödsinnig schweigend umherwandeln gesehen, jetzt plötzlich das Haupt erhoben, und uns Jungen freundlich entgegen lachten, und die Hände drückten, und lustige Geschichten erzählten. Einen von ihnen hörte ich sogar singen; denn im Kaffeehause sang er uns die Marseiller Hymne vor, und wir lernten da die Melodie und die schönen Worte, und es dauerte nicht lange, so sangen wir sie besser als der Alte selbst; denn der hat manchmal in der besten Strophe wie ein Narr gelacht, oder geweint wie ein Kind. Es ist immer gut, wenn so alte Leute leben bleiben, um den Jungen die Lieder zu lehren. Wir Jungen werden sie nicht vergessen, und einige von uns werden sie einst jenen Enkeln einstudieren, die jetzt noch nicht geboren sind. Viele von uns werden aber unterdessen verfault sein, daheim im Gefängnisse, oder auf einer Dachstube in der Fremde.

Paul Bénichou hat die romantische Epoche vor der Februarrevolution 1848 in Frankreich als das »Zeitalter der Propheten« charakterisiert. Heines Prophezeiungen weichen von denen der französischen Romantiker und Frühsozialisten auf kuriose Weise ab: das Pathos der Vision wird beständig diskreditiert durch ironische Ober- und Untertöne. Dadurch aber entgehen diese Texte dem Kitsch, wie Heines Gedichte auch, in denen ähnliches geschieht. Man mag spekulieren, in welcher Form sich eine vieldeutige Voraussage wie die am Ende des Essays über Religion und Philosophie in Deutschland *bewahrheitet hat oder erst noch bewahrheiten könnte. Interessanter ist die satirische Hintergründigkeit einer solchen Prophezeiung, die dem Wunsch entspricht, die deutsche Philosophie möchte tatsächlich einmal gründlich aufräumen mit der gotisch-altdeutschen Vergangenheit: »Du passé faisons table rase« heißt es in der* Internationalen; *aber zuallererst gemahnt die Vorstellung der mit Schwert und Beil den Boden unseres europäischen Lebens durchwühlenden Kantianer der Zukunft an die letzte der* Thesen über Feuerbach *des jungen Marx: »Die Philosophen haben die Welt nur verschieden* interpretiert, *es kömmt drauf an, sie zu verändern.« Notfalls, würde Heine hinzufügen, kömmt es drauf an, mit dem Riesenhammer des germanischen Gottes Thor zu philosophieren. Eine wohl selbst für Heine nicht vorhersehbare Version der zerstörerischen Gewalt von in Praxis überführter deutscher Philosophie hat dann das Dritte Reich aufgeführt, und ein großer Philosoph, der Umwälzendes über* Sein und Zeit *zutage gefördert hatte, hat der braunen Methode, mit dem Hammer zu philosophieren, vom Rektoratskatheder herab seine vorauseilende Reverenz erwiesen.*

Die deutsche Philosophie ist eine wichtige das ganze Menschengeschlecht betreffende Angelegenheit, und erst die spätesten Enkel werden darüber entscheiden können, ob wir dafür zu tadeln oder zu loben sind, daß wir erst unsere Philosophie und hernach unsere Revolution ausarbeiteten. Mich dünkt, ein methodisches Volk wie wir, mußte mit der Reformation beginnen, konnte erst hierauf sich mit der Philosophie beschäftigen, und durfte nur nach deren Vollendung zur politischen Revolution übergehen. Diese Ordnung finde ich ganz vernünftig. Die Köpfe, welche die Philosophie zum Nachdenken benutzt hat, kann die Revolution nachher zu beliebigen Zwecken abschlagen. Die

Philosophie hätte aber nimmermehr die Köpfe gebrauchen können, die von der Revolution, wenn diese ihr vorherging, abgeschlagen worden wären. Laßt Euch aber nicht bange sein, Ihr deutschen Republikaner; die deutsche Revolution wird darum nicht milder und sanfter ausfallen, weil ihr die Kantsche Kritik, der Fichtesche Transzendental-Idealismus und gar die Naturphilosophie vorausging. Durch diese Doktrinen haben sich revolutionäre Kräfte entwikkelt, die nur des Tages harren, wo sie hervorbrechen und die Welt mit Entsetzen und Bewunderung erfüllen können. Es werden Kantianer zum Vorschein kommen, die auch in der Erscheinungswelt von keiner Pietät etwas wissen wollen, und erbarmungslos, mit Schwert und Beil, den Boden unseres europäischen Lebens durchwühlen, um auch die letzten Wurzeln der Vergangenheit auszurotten. Es werden bewaffnete Fichteaner auf den Schauplatz treten, die in ihrem Willens-Fanatismus, weder durch Furcht noch durch Eigennutz zu bändigen sind; denn sie leben im Geist, sie trotzen der Materie, gleich den ersten Christen, die man ebenfalls weder durch leibliche Qualen noch durch leibliche Genüsse bezwingen konnte; ja, solche Transzendental-Idealisten wären bei einer gesellschaftlichen Umwälzung sogar noch unbeugsamer als die ersten Christen, da diese die irdische Marter ertrugen, um dadurch zur himmlischen Seligkeit zu gelangen, der Transzendental-Idealist aber die Marter selbst für eitel Schein hält und unerreichbar ist in der Verschanzung des eigenen Gedankens. Doch noch schrecklicher als Alles wären Naturphilosophen, die handelnd eingriffen in eine deutsche Revolution und sich mit dem Zerstörungswerk selbst identifizieren würden. Denn wenn die Hand des Kantianers stark und sicher zuschlägt, weil sein Herz von keiner traditionellen Ehrfurcht bewegt wird; wenn der Fichteaner mutvoll jeder Gefahr trotzt, weil sie für ihn in der Realität gar nicht existiert: so wird der Naturphilosoph dadurch furchtbar sein, daß er mit den ursprünglichen Gewalten der Natur in Verbindung tritt, daß er die dämonischen Kräfte des altgermanischen Pantheismus beschwören kann, und daß in ihm jene Kampflust erwacht, die wir bei den alten Deutschen finden, und die nicht kämpft, um zu zerstören, noch um zu siegen, sondern bloß um zu kämpfen. Das Christentum – und das ist sein schönstes Verdienst – hat jene brutale, germanische Kampflust einigermaßen besänftigt, konnte sie jedoch nicht zerstören, und wenn einst der zähmende Talisman, das Kreuz, zerbricht, dann rasselt wieder empor die Wildheit der alten Kämpfer, die unsinnige Berserkerwut, wovon die nordischen Dichter so viel singen und sagen. Jener Talisman ist morsch, und kommen wird der Tag, wo er kläglich zusammenbricht. Die alten steinernen Götter erheben sich dann aus dem verschollenen Schutt, und reiben sich den tausendjährigen Staub aus den Augen, und Thor mit dem Riesenhammer springt endlich empor und zerschlägt die gotischen Dome. Wenn Ihr dann das Gepolter und Geklirre hört, hütet Euch, Ihr Nachbarskinder, Ihr Franzosen, und mischt Euch nicht in die Geschäfte, die wir zu Hause in Deutschland vollbringen. Es könnte Euch schlecht bekommen. Hütet Euch, das Feuer anzufachen, hütet Euch, es zu löschen. Ihr könntet Euch leicht an den Flammen die Finger verbrennen. Lächelt nicht über meinen Rat, den Rat eines Träumers, der Euch vor Kantianern, Fichteanern und Naturphilosophen warnt. Lächelt nicht über den Phantasten, der im Reiche der Erscheinungen dieselbe Revolution erwartet, die im Gebiete des Geistes stattgefunden. Der Gedanke geht der Tat voraus, wie der Blitz dem Donner. Der deutsche Donner ist freilich auch ein Deutscher und ist nicht sehr gelenkig, und kommt etwas langsam herangerollt; aber kommen wird er, und wenn Ihr es einst krachen hört, wie es noch niemals in der Weltgeschichte gekracht hat, so wißt: der deutsche Donner hat endlich sein Ziel erreicht. Bei diesem Geräusche werden die Adler aus der Luft tot niederfallen, und die Löwen in der fernsten Wüste Afrikas werden die Schwänze einkneifen, und sich in ihren königlichen Höhlen verkriechen. Es wird ein Stück aufgeführt werden in Deutschland, wogegen die französische Revolution nur wie eine harmlose Idylle erscheinen möchte. Jetzt ist es freilich ziemlich still: und gebärdet sich auch dort der Eine oder der Andere etwas lebhaft, so glaubt nur nicht, diese würden einst als wirkliche Akteure auftreten. Es sind nur die kleinen Hunde, die in der leeren Arena herumlaufen und einander anbellen und beißen, ehe die Stunde erscheint, wo dort die Schar der Gladiatoren anlangt, die auf Tod und Leben kämpfen sollen.

Und die Stunde wird kommen. Wie auf den Stufen eines Amphitheaters werden die Völker sich um Deutschland herumgruppieren, um die großen Kampfspiele zu betrachten. Ich rate Euch, Ihr Franzosen, verhaltet Euch alsdann sehr stille, und bei Leibe! hütet Euch, zu applaudieren. Wir könnten Euch leicht mißverstehen und Euch, in unserer unhöflichen Art, etwas barsch zur Ruhe verweisen; denn wenn wir früherhin, in unserem servil verdrossenen Zustande, Euch manchmal überwältigen konnten, so vermöchten wir es noch weit eher im Übermute des Freiheitsrausches. Ihr wißt ja selber, was man in einem solchen Zustande vermag, – und Ihr seid nicht mehr in einem solchen Zustande. Nehmt Euch in acht! Ich meine es gut mit Euch, und deshalb sage ich Euch die bittere Wahrheit. Ihr habt von dem befreiten Deutschland mehr zu befürchten, als von der ganzen heiligen Allianz mitsamt allen Kroaten und Kosaken. Denn erstens liebt man Euch nicht in Deutschland, welches fast unbegreiflich ist, da Ihr doch so liebenswürdig seid, und Euch bei Eurer Anwesenheit in Deutschland so viel Mühe gegeben habt, wenigstens der bessern und schönern Hälfte des deutschen Volks zu gefallen. Und wenn diese Hälfte Euch auch liebte, so ist es doch eben diejenige Hälfte, die keine Waffen trägt, und deren Freundschaft Euch also wenig frommt. Was man eigentlich gegen Euch vorbringt, habe ich nie begreifen können. Einst, im Bierkeller zu Göttingen, äußerte ein junger Altdeutscher, daß man Rache an den Franzosen nehmen müsse für Konradin von Staufen, den sie zu Neapel geköpft. Ihr habt das gewiß längst vergessen. Wir aber vergessen nichts. Ihr seht, wenn wir mal Lust bekommen, mit Euch anzubinden, so wird es uns nicht an triftigen Gründen fehlen. Jedenfalls rate ich Euch, daher auf Eurer Hut zu sein. Es mag in Deutschland vorgehen, was da wolle, es mag der Kronprinz von Preußen oder der Doktor Wirth zur Herrschaft gelangen, haltet Euch immer gerüstet, bleibt ruhig auf Eurem Posten stehen, das Gewehr im Arm. Ich meine es gut mit Euch, und es hat mich schier erschreckt, als ich jüngst vernahm, Eure Minister beabsichtigten, Frankreich zu entwaffnen. –

Da Ihr, trotz Eurer jetzigen Romantik, geborne Klassiker seid, so kennt Ihr den Olymp. Unter den nackten Göttern und Göttinnen, die sich dort, bei Nektar und Ambrosia, erlustigen, seht Ihr eine Göttin, die, obgleich umgeben von solcher Freude und Kurzweil, dennoch immer einen Panzer trägt und den Helm auf dem Kopf und den Speer in der Hand behält.

Es ist die Göttin der Weisheit.

Einem jungdeutschen Freund, Heinrich Laube, hatte Heine einmal den Rat erteilt, nicht sein Herz auf der Spitze seiner Schreibfeder zu tragen: »Dissimulieren Sie. Fürchten Sie nicht verkannt zu werden. Auch ich habe dies nie gefürchtet.« Mißverstanden, verkannt wurde Heine zu Lebzeiten wie nach seinem Tod von Freunden wie Feinden, und das bis-

weilen so gründlich, daß diese ihn zu lieben wähnten und jene sich von ihm verraten glaubten. Ludwig Börne, der bedeutendste Schriftsteller unter den Republikanern der Restaurationsperiode, befand sich in diesem Falle. Enttäuscht von dem Mangel an politischer Aufrichtigkeit und Eindeutigkeit des jüngeren Schriftstellerkollegen und Mitexulanten, bezichtigt er 1833 Heine in seinen Briefen aus Paris *des Opportunismus, wirft dem Verfasser der* Französischen Zustände *vor, er gefalle sich darin, den »Jesuiten des Liberalismus zu spielen«, er wisse »weder, wo seine Freunde, noch wo seine Feinde stehen«. Heines Reaktion auf solche und andere Attacken in französischen Zeitungen (III, 709ff.) erfolgt erst nach Börnes Tod: als »Denkschrift«, Mémoire, in einem anhängigen Literaturprozeß. Dieser Text rief einen Aufschrei der Empörung des biederen deutschen Publikums hervor, nicht nur bei den patriotischen »Vaterlandsrettern«, man warf ihm eine frevlerische Entheiligung des Andenkens an Börne vor. Das Buch war bei Campe ein Flop, und in Paris trug es Heine ein Duell mit einem Parteigänger des toten Börne ein. Gutzkow, vordem ein Verehrer Heines wie Börnes, pries nun des letzteren poetischen Stil und stählernen Charakter und urteilte über Heine, er »affektiert, ein Dichter zu sein und schreibt wie ein gamin ⟨er meint: wie ein Schmutzfink, polisson, D. O.⟩ ⟨…⟩ Herr Heine schwimmt in einem Meer der Lüge.« Der junge Friedrich Engels, sonst ein luzider literaturkritischer Kopf, nennt Heines Buch über Börne »das Nichtswürdigste, was jemals in deutscher Sprache geschrieben wurde«. Demgegenüber fand Marx offenbar Gefallen an Heines Börne-Buch und versprach Heine 1845 eine »ausführliche Kritik« in einer deutschen Zeitschrift zu publizieren. Wir wissen nicht, ob dies vielleicht anonym geschehen ist. Aus größerer zeitlicher Distanz beurteilt Thomas Mann zu Beginn unseres Jahrhunderts die Denkschrift als »genialste deutsche Prosa bis Nietzsche«. (Vgl. zu diesem Komplex den ausführlichen Kommentar und die Dokumentation K. Brieg-*

lebs im Anhang zu Bd. III, 651-890 sowie H. M. Enzensberger ⟨Hg.⟩, Ludwig Börne und Heinrich Heine. Ein deutsches Zerwürfnis. *Nördlingen 1986.) Ihn beeindruckten vor allem die «Psychologie des Nazarener-Typs« und die Helgoland-Briefe. In den furiosen Auftaktporträts der* Denkschrift *ist besonders bemerkenswert, daß Heine Börne Beobachtungen über dessen Tendenz zur Verspießerung in den Mund legt, die Heine ursprünglich als autobiographische »Geständnisse« für die* Bäder von Lucca *verfaßt hatte. Daß »Besitztum«, »gebrechliches«, wie ein schönes Teeservice zumal, einen Revoluzzer dazu bringen kann, seinen Frieden mit der Welt zu machen und »zahm vorsichtig« zu werden, das hatte Heine schon 1828/29 an sich selbst beobachtet (II, 626ff.); hier nun schreibt er die Einsicht dem Widersacher zu (vgl. dazu III, 778ff.). Das Selbstzitat wird, nur leicht abgewandelt, dem andern in den Mund gelegt; Zeichen dessen, daß der »Nazarener« Börne nicht als gänzlicher Antipode des »Hellenen« Heine aufzufassen ist. Unbedingter jedoch ist der Kontrast in Fragen des Stils, die hier meisterhaft erörtert werden.*

Es war im Jahr 1815, nach Christi Geburt, daß mir der Name Börne zuerst ans Ohr klang. Ich befand mich mit meinem seligen Vater auf der Frankfurter Messe, wohin er mich mitgenommen, damit ich mich in der Welt einmal umsehe; das sei bildend. Da bot sich mir ein großes Schauspiel. In den sogenannten Hütten, oberhalb der Zeil, sah ich die Wachsfiguren, wilde Tiere, außerordentliche Kunst- und Naturwerke. Auch zeigte mir mein Vater die großen, sowohl christlichen als jüdischen Magazine, worin man die Waren 10 Prozent unter den Fabrikpreis einkauft, und man doch immer betrogen wird. Auch das Rathaus, den Römer, ließ er mich sehen, wo die deutschen Kaiser gekauft wurden 10 Prozent unter den Fabrikpreis. Der Artikel ist am Ende ganz ausgegangen. Einst führte mich mein Vater ins Lesekabinett einer der △ oder □ Logen, wo er oft soupierte, Kaffee trank, Karten spielte und sonstige Freimaurerarbeiten verrichtete. Während ich im Zeitungslesen vertieft lag, flüsterte mir ein junger Mensch, der neben mir saß, leise ins Ohr:

»Das ist der Doktor Börne, welcher gegen die Komödianten schreibt!«

Als ich aufblickte, sah ich einen Mann, der, nach einem Journale suchend, mehrmals im Zimmer sich hin- und herbewegte und bald wieder zur Tür hinausging. So kurz auch sein Verweilen, so blieb mir doch das ganze Wesen des Mannes im Gedächtnisse, und noch heute könnte ich ihn mit diplomatischer Treue abkonterfeien. Er trug einen schwarzen Leibrock, der noch ganz neu glänzte, und blendend weiße Wäsche; aber er trug dergleichen nicht wie ein Stutzer, sondern mit einer wohlhabenden Nachlässigkeit, wo nicht gar mit einer verdrießlichen Indifferenz, die hinlänglich bekundete, daß er sich mit dem Knoten der weißen Krawatte nicht lange vor dem Spiegel beschäftigt, und daß er den Rock gleich angezogen, sobald ihn der Schneider gebracht, ohne lange zu prüfen, ob er zu eng oder zu weit.

Er schien weder groß noch klein von Gestalt, weder mager noch dick, sein Gesicht war weder rot noch blaß, sondern von einer angeröteten Blässe oder verblaßten Röte, und was sich darin zunächst aussprach, war eine gewisse ablehnende Vornehmheit, ein gewisses Dédain, wie man es bei Menschen findet, die sich besser als ihre Stellung fühlen, aber an der Leute Anerkenntnis zweifeln. Es war nicht jene geheime Majestät, die man auf dem Antlitz eines Königs oder eines Genies, die sich incognito unter der Menge verborgen halten, entdecken kann, es war vielmehr jener revolutionäre, mehr oder minder titanenhafte Mißmut, den man auf den Gesichtern der Prätendenten jeder Art bemerkt. Sein Auftreten, seine Bewegung, sein Gang, hatten etwas Sicheres, Bestimmtes, Charaktervolles. Sind außerordentliche Menschen heimlich umflossen von dem Ausstrahlen ihres Geistes? Ahnet unser Gemüt dergleichen Glorie, die wir mit den Augen des Leibes nicht sehen können? Das moralische Gewitter in einem solchen außerordentlichen Menschen wirkt vielleicht elektrisch auf junge, noch nicht abgestumpfte Gemüter, die ihm nahen, wie das materielle Gewitter auf Katzen wirkt? Ein Funken aus dem Auge des Mannes berührte mich, ich weiß nicht wie, aber ich vergaß nicht diese Berührung und vergaß nie den Doktor Börne, welcher gegen die Komödianten schrieb.

Ja, er war damals Theaterkritiker und übte sich an den Helden der Bretterwelt. Wie mein Universitätsfreund Dieffenbach, als wir in Bonn studierten, überall wo er einen Hund oder eine Katze erwischte, ihnen gleich die Schwänze abschnitt, aus purer Schneidelust, was wir ihm damals, als die armen Bestien gar entsetzlich heulten, so sehr verargten, später aber ihm gern verziehen, da ihn diese Schneidelust zu dem größten Operateur Deutschlands machte: so hat sich auch Börne zuerst an Komödianten versucht, und manchen jugendlichen Übermut, den er damals beging an den Heigeln, Weidnern, Ursprüngen und dergleichen unschuldigen Tieren, die seitdem ohne Schwänze herumlaufen, muß man ihm zu Gute halten für die besseren Dienste, die er später als großer politischer Operateur mit seiner gewetzten Kritik zu leisten verstand.

Es war Varnhagen von Ense, welcher etwa zehn Jahre nach dem erwähnten Begegnisse den Namen Börne wieder in meiner Erinnerung heraufrief, und mir Aufsätze des Mannes, namentlich in der »Wage« und in den »Zeitschwingen«, zu lesen gab. Der Ton, womit er mir diese Lektüre empfahl, war bedeutsam dringend, und das Lächeln, welches um die Lippen der anwesenden Rahel schwebte, jenes wohlbekannte, rätselhaft wehmütige, vernunftvoll mystische Lächeln, gab der Empfehlung ein noch größeres Gewicht. Rahel schien nicht bloß auf literarischem Wege über Börne unterrichtet zu sein, und wie ich mich erinnere, versicherte sie bei dieser Gelegenheit: es existierten Briefe, die Börne einst an eine geliebte Person gerichtet habe, und worin sein leidenschaftlicher hoher Geist sich noch glänzender als in seinen gedruckten Aufsätzen ausspräche. Auch über seinen Stil äußerte sich Rahel, und zwar mit Worten, die jeder, der mit ihrer Sprache nicht vertraut ist, sehr mißverstehen möchte; sie sagte: Börne kann nicht schreiben, eben so wenig wie ich oder Jean Paul. Unter Schreiben verstand sie nämlich die ruhige Anordnung, so zu sagen die Redaktion der Gedanken, die logische Zusammensetzung der Redeteile, kurz jene Kunst des Periodenbaues, den sie sowohl bei Goethe, wie bei ihrem Gemahl so enthusiastisch bewunderte, und worüber wir damals fast täglich die fruchtbarsten Debatten führten. Die heutige Prosa, was ich hier beiläufig bemerken will, ist nicht ohne viel Versuch, Beratung, Widerspruch und Mühe geschaffen worden. Rahel liebte vielleicht Börne um so mehr, da sie ebenfalls zu jenen Autoren gehörte, die, wenn sie gut schreiben sollten, sich immer in einer leidenschaftlichen Anregung, in einem gewissen Geistesrausch befinden müssen: Bacchanten des Gedankens, die dem Gotte mit heiliger Trunkenheit nachtaumeln. Aber bei ihrer Vorliebe für wahlverwandte Naturen, hegte sie dennoch die größte Bewunderung für jene besonnenen Bildner des Wortes, die all ihr Denken, Fühlen und Anschauen, abgelöst von der gebärenden Seele, wie einen gegebenen Stoff zu handhaben und gleichsam plastisch darzustellen wissen. Ungleich jener großen Frau, hegte Börne den engsten Widerwillen gegen dergleichen Darstellungsart; in seiner subjektiven Befangenheit begriff er nicht die objektive Freiheit, die Goethische Weise, und die künstlerische Form hielt er für Gemütlosigkeit: er glich dem Kinde, welches, ohne den glühenden Sinn einer griechischen Statue zu ahnen, nur die marmornen Formen betastet und über Kälte klagt.

Indem ich hier antizipierend von dem Widerwillen rede, welchen die Goethische Darstellungsart in Börne aufregte, lasse ich zugleich erraten, daß die Schreibart des letztern schon damals kein unbedingtes Wohlgefallen bei mir hervorrief. Es ist nicht meines Amtes, die Mängel dieser Schreibweise aufzudecken, auch würde jede Andeutung über das, was mir an diesem Stile am meisten mißfiel, nur von den wenigsten verstanden werden. Nur so viel will ich bemerken, daß, um vollendete Prosa zu schreiben, unter andern auch eine große Meisterschaft in metrischen Formen erforderlich ist. Ohne solche Meisterschaft fehlt dem Prosaiker ein gewisser Takt, es entschlüpfen ihm Wortfügungen, Ausdrücke, Cäsuren und Wendungen, die nur in gebundener Rede statthaft sind, und es entsteht ein geheimer Mißlaut, der nur wenige, aber sehr feine Ohren verletzt.

Wie sehr ich aber auch geneigt war, an der Außenschale, an dem Stile Börnes zu mäkeln, und namentlich wo er nicht beschreibt, sondern räsoniert, die kurzen Sätze seiner Prosa als eine kindische Unbeholfenheit zu betrachten: so ließ ich doch dem Inhalt, dem Kern seiner Schriften, die reichlichste Gerechtigkeit widerfahren, ich verehrte die Originalität, die Wahrheitsliebe, überhaupt den edlen Charakter, der sich durchgängig darin aussprach, und seitdem verlor ich den Verfasser nicht mehr aus dem Gedächtnis. Man hatte mir gesagt, daß er noch immer zu Frankfurt lebe, und als ich mehrere Jahre später, Anno 1827, durch diese Stadt reisen mußte, um mich nach München zu begeben, hatte ich mir bestimmt vorgenommen, dem Doktor Börne in seiner Behausung meinen Besuch abzustatten. ⟨...⟩ Dieses gelang mir, aber nicht ohne vieles Umherfragen und Fehlsuchen; überall wo ich mich nach ihm erkundigte, sah man mich ganz befremdlich an, und man schien in seinem Wohnorte ihn entweder wenig zu kennen, oder sich noch weniger um ihn zu bekümmern. Sonderbar! Hören wir in der Ferne von einer Stadt, wo dieser oder jener große Mann lebt, unwillkürlich denken wir uns ihn als den Mittelpunkt der Stadt, deren Dächer sogar von seinem Ruhme bestrahlt würden. Wie wundern wir uns nun, wenn wir in der Stadt selbst anlangen und den großen Mann wirklich darin aufsuchen wollen und ihn erst lange erfragen müssen, bis wir ihn unter der großen Menge herausfinden! So sieht der Reisende schon in weitester Ferne den hohen Dom einer Stadt; gelangt er aber in ihr Weichbild selbst, so verschwindet derselbe wieder seinen Blicken, und erst hin- und herwandernd, durch viele krumme und enge Sträßchen kommt der große Turmbau wieder zum Vorschein, in der Nähe von gewöhnlichen Häusern und Butiken, die ihn schier verborgen halten.

Als ich bei einem kleinen Brillenhändler nach Börne frug, antwortete er mir mit pfiffig wiegendem Köpfchen: wo der Doktor Börne wohnt, weiß ich nicht, aber Madame Wohl wohnt auf dem Wollgraben. Eine alte rothaarige Magd, die ich ebenfalls ansprach, gab mir endlich die erwünschte Auskunft, indem sie vergnügt lachend hinzusetzte: ich diene ja bei der Mutter von Madame Wohl.

Ich hatte Mühe, den Mann wieder zu erkennen, dessen früheres Aussehen mir noch lebhaft im Gedächtnisse schwebte. Keine Spur mehr von vornehmer Unzufriedenheit und stolzer Verdüsterung. Ich sah jetzt ein zufriedenes Männchen, sehr schmächtig, aber nicht krank, ein kleines Köpfchen mit schwarzen glatten Härchen, auf den Wangen sogar ein Stück Röte, die lichtbraunen Augen sehr munter, Gemütlichkeit in jedem Blick, in jeder Bewegung, auch im Tone. Dabei trug er ein gestricktes Kamisölchen von grauer Wolle, welches eng anliegend wie ein Ringenpanzer, ihm ein drollig märchenhaftes Ansehen gab. Er empfing mich mit Herzlichkeit und Liebe; es vergingen keine drei Minuten und wir gerieten ins vertraulichste Gespräch. Wovon wir zuerst redeten? Wenn Köchinnen zusammen kommen, sprechen sie von ihrer Herrschaft, und wenn deutsche Schriftsteller zusammen kommen, sprechen sie von ihren Verlegern. Unsere Konversation begann daher mit Cotta und Campe, und als ich, nach einigen gebräuchlichen Klagen, die guten Eigenschaften des letzteren eingestand, vertraute mir Börne, daß er mit einer Herausgabe seiner sämtlichen Schriften schwanger gehe, und für dieses Unternehmen sich den Campe merken wolle. Ich konnte nämlich von Julius Campe versichern, daß er kein gewöhnlicher Buchhändler sei, der mit dem Edlen, Schönen, Großen nur Geschäfte machen und eine gute Konjunktur benutzen will, sondern daß er manchmal das Größe, Schöne, Edle unter sehr ungünstigen Konjunkturen druckt und wirklich sehr schlechte Geschäfte damit macht. Auf solche Worte horchte Börne mit beiden Ohren, und sie haben ihn späterhin veranlaßt, nach Hamburg zu reisen und sich mit dem Verleger der »Reisebilder« über eine Herausgabe seiner sämtlichen Schriften zu verständigen.

Sobald die Verleger abgetan sind, beginnen die wechselseitigen Komplimente, zwischen zwei Schriftstellern, die sich zum ersten Male sprechen. Ich übergehe, was Börne über meine Vorzüglichkeit äußerte, und erwähne nur den leisen Tadel, den er bisweilen in den schäumenden Kelch des Lobes einträpfeln ließ. Er hatte nämlich kurzvorher den zweiten Teil der »Reisebilder« gelesen, und vermeinte, daß ich von Gott, welcher doch Himmel und Erde erschaffen und so weise die Welt regiere, mit zu wenig Reverenz, hingegen von dem Napoleon, welcher doch nur ein sterblicher Despot gewesen, mit übertriebener Ehrfurcht gesprochen habe. Der Deist und Liberale trat mir also schon merkbar entgegen. Er schien den Napoleon wenig zu lieben, obgleich er doch unbewußt den größten Respekt vor ihm in der Seele trug. Es verdroß ihn, daß die Fürsten sein Standbild von der Vendômesäule so ungroßmütig herabgerissen.

»Ach! rief er mit einem bittern Seufzer: Ihr konntet dort seine Statue getrost stehen lassen; Ihr brauchtet nur ein Plakat mit der Inschrift ›18ter Brumaire‹ daran zu befestigen, und die Vendômesäule wäre seine verdiente Schandsäule geworden! Wie liebte ich diesen Mann bis zum 18ten Brumaire, noch bis zum Frieden von Campo Formio bin ich ihm zugetan, als er aber die Stufen des Thrones erstieg, sank er immer tiefer im Werte; man konnte von ihm sagen: er ist die rote Treppe hinaufgefallen!«

»Ich habe noch diesen Morgen, setzte Börne hinzu, ihn bewundert, als ich in diesem Buche, das hier auf meinem Tische liegt – er zeigte auf Thiers' Revolutionsgeschichte – die vortreffliche Anekdote las, wie Napoleon zu Udine eine Entrevue mit Kobentzel hat, und im Eifer des Gesprächs das Porzellan zerschlägt, das Kobentzel einst von der Kaiserin Katharina erhalten, und gewiß sehr liebte. Dieses zerschlagene Porzellan hat vielleicht den Frieden von Campo Formio herbeigeführt. Der Kobentzel dachte gewiß: mein Kaiser hat so viel Porzellan, und das gibt ein Unglück, wenn der Kerl nach Wien käme und gar zu feurig in Eifer geriete: das beste ist, wir machen mit ihm Friede. Wahrscheinlich in jener Stunde, als zu Udine das Porzellanservice von Kobentzel zu Boden purzelte und in lauter Scherben zerbrach, zitterte zu Wien alles Porzellan, und nicht bloß die Kaffeekannen und Tassen, sondern auch die chinesischen Pagoden, sie nickten mit den Köpfen vielleicht hastiger als je, und der Friede wurde ratifiziert. In Bilderläden sieht man den Napoleon gewöhnlich, wie er auf bäumendem Roß den Simplon besteigt, wie er mit hochgeschwungener Fahne über die Brücke von Lodi stürmt usw. Wenn ich aber ein Maler wäre, so würde ich ihn darstellen, wie er das Service von Kobentzel zerschlägt. Das war seine erfolgreichste Tat. Jeder König fürchtete seitdem für sein Porzellan, und gar besondere Angst überkam die Berliner wegen ihrer großen Porzellanfabrik. Sie haben keinen Begriff davon, liebster Heine, wie man durch den Besitz von schönem Porzellan im Zaum gehalten wird. Sehen sie z. B. mich, der ich einst so wild war, als ich wenig Gepäck hatte und gar kein Porzellan. Mit dem Besitztum, und gar mit gebrechlichem Besitztum kommt die Furcht und die Knechtschaft. Ich habe mir leider vor kurzem ein schönes Teeservice angeschafft – die Kanne war so lockend prächtig vergoldet – auf der Zuckerdose war das eheliche Glück abgemalt, zwei Liebende, die sich schnäbeln – auf der einen Tasse der Katharinenturm, auf einer andern die Konstablerwache, lauter vaterländische Gegenden auf den übrigen Tassen. – Ich habe wahrhaftig jetzt meine liebe Sorge, daß ich in meiner Dummheit nicht zu frei schreibe und plötzlich flüchten müßte. – Wie könnte ich in der Geschwindigkeit all diese Tassen und gar die große Kanne einpacken? In der Eile könnte sie zerbrochen werden, und zurücklassen möchte ich sie in keinem Falle. Ja wir Menschen sind sonderbare Käuze. Derselbe Mensch, der vielleicht Ruhe und Freude seines Lebens, ja das Leben selbst aufs Spiel setzen würde, um seine Meinungsfreiheit zu behaupten, der will doch nicht gern ein paar Tassen verlieren, und wird ein schweigender Sklave, um seine Teekanne zu konservieren. Wahrhaftig, ich fühle, wie das verdammte Porzellan mich im Schreiben hemmt, ich werde so milde, so vorsichtig, so ängstlich … Am Ende glaub ich gar, der Porzellanhändler war ein östreichischer Polizeiagent, und Metternich hat mir das Porzellan auf den Hals geladen, um mich zu zähmen. Ja, ja, deshalb war es so wohlfeil, und der Mann war so beredsam. Ach! die Zuckerdose mit dem ehelichen Glück war eine so süße Lockspeise! Ja, je mehr ich mein Porzellan betrachte, desto wahrscheinlicher wird mir der Gedanke, daß es von Metternich herrührt. Ich verdenke es ihm nicht im mindesten, daß man mir auf solche Weise beizukommen sucht. Wenn man kluge Mittel gegen mich anwendet, werde ich nie unwirsch; nur die Plumpheit und die Dummheit ist mir unausstehlich. Da ist aber unser Frankfurter Senat – –«

Ich habe meine Gründe, den Mann nicht weiter sprechen zu lassen, und bemerke nur, daß er am Ende seiner Rede mit gutmütigem Lachen ausrief:

»Aber noch bin ich stark genug, meine Porzellanfesseln zu brechen, und macht man mir den Kopf warm, wahrhaftig, die schöne vergoldete Teekanne fliegt zum Fenster hinaus mitsamt der Zuckerdose und dem ehelichen Glück und dem Katharinenturm und der Konstablerwache und den vaterländischen Gegenden, und ich bin dann wieder ein freier Mann, nach wie vor!«

Börnes Humor, wovon ich eben ein sprechendes Beispiel gegeben, unterschied sich von dem Humor Jean Pauls dadurch, daß letzterer gern die entferntesten Dinge ineinanderrührte, während jener, wie ein lustiges Kind, nur nach dem Nahliegenden griff, und während die Phantasie des konfusen Polyhistors von Bayreuth in der Rumpelkammer aller Zeiten herumkramte und mit Siebenmeilenstiefeln alle Weltgegenden durchschweifte, hatte Börne nur den gegenwärtigen Tag im Auge und die Gegenstände, die ihn beschäftigten, lagen alle in seinem räumlichen Gesichtskreis. Er besprach das Buch, das er eben gelesen, das Ereignis, das eben vorfiel, den Stein, an den er sich eben gestoßen, Rothschild, an dessen Haus er täglich vorbeiging, den Bundestag, der auf der Zeil residiert, und den er ebenfalls an Ort und Stelle hassen konnte, endlich alle Gedankenwege führten ihn zu Metternich. Sein Groll gegen Goethe hatte vielleicht ebenfalls örtliche Anfänge; ich sage Anfänge, nicht Ursachen; denn wenn auch der Umstand, daß Frankfurt ihre gemeinschaftliche Vaterstadt war, Börnes Aufmerksamkeit zunächst auf Goethe lenkte, so war doch der Haß, der gegen diesen Mann in ihm brannte und immer leidenschaftlicher entloderte, nur die notwendige Folge einer tiefen, in der Natur beider Männer begründeten Differenz. Hier wirkte keine kleinliche Scheelsucht, sondern ein uneigennütziger Widerwille, der angebornen Trieben gehorcht, ein Hader, welcher, alt wie die Welt, sich in allen Geschichten des Menschengeschlechts kund gibt und am grellsten hervortrat in dem Zweikampfe, welchen der judäische Spiritualismus gegen hellenische Lebensherrlichkeit führte, ein Zweikampf, der noch immer nicht entschieden ist und vielleicht nie ausgekämpft wird: der kleine Nazarener haßte den großen Griechen, der noch dazu ein griechischer Gott war.

Die fiktiven Briefe aus Helgoland, datiert auf die Zeit, wo in Frankreich die Julirevolution ausbrach, das Adelsregime beendigt und das Regiment der Demokratie scheinbar begonnen wurde – die Desillusionierung sollte auf dem Fuße folgen und das Volk sich dem Finanzadel unterworfen sehen – diese Briefe sind politische Prosagedichte weltliterarischen Ranges mit teils satirischem, teils dithyrambischem Charakter. Sie illustrieren die These Heines, »daß, um vollendete Prosa zu schreiben, unter anderem auch eine große Meisterschaft in metrischen Formen erforderlich ist«, und fordern förmlich zum Vergleich heraus mit Börnes ersten Briefen aus Paris *vom Frühherbst 1830, die sie stellenweise zu parodieren scheinen. Börnes vom Revolutionsgeschehen begeisterter Witz klingt doch immer wieder leicht albern, steif, trocken und einigermaßen verklemmt, so wie wir es aus der neudeutschen kritischen Prosa noch immer gewöhnt sind (womit beileibe nicht gesagt sein soll, unsere heutigen Zeitkritiker könnten es stilistisch mit einem Börne aufnehmen!): »Ich wollte, die Franzosen zögen alle Weiberröcke an, ich würde ihnen dann die schönsten Liebeserklärungen machen. Aber ist es nicht töricht, daß ich mich schäme, diesem und jenem die Hand zu küssen, wozu mein Herz mich treibt – die Hand, die unsere Ketten zerbrochen, die uns frei gemacht, die uns Knechte zu Rittern geschlagen?« (5. Brief) oder »still, heiter, freundlich und bescheiden wie ein verliebtes glückliches Mädchen lustwandelte das Pariser Volk umher« (6. Brief). Bei Heine, dem »Sohn der Revolution«, findet sich nichts von solcher republikanischen Biedermeiersentimentalität, sondern der große Atem eines Dichters, dem die Worte zu »flammenden Sternen« werden oder zu »blanken Wurfspeeren, die bis in den siebten Himmel hinaufschwirren und die frommen Heuchler treffen, die sich dort eingeschlichen ins Allerheiligste«. Die »rührenden Einzelheiten« der Revolution aber werden nicht, wie bei Börne, treudeutsch zitiert, sie werden aufgehoben in einer von der Imagination geschaffenen neuen Galerie von Denkbildern. Heines Worttrunkenheit ist artistisches Spiel, genial nüchtern – »Ich fürchte fast, es ist nicht wahr, denn es ist gedruckt« –, aber nicht ernüchternd wie der bierernste, täppische Enthusiasmus des Volksfreundes Börne, des »Charakters«, über den sich auch das poetische Meisterwerk derselben Periode lustig macht:* Atta Troll. Ein Sommernachtstraum.

Ich, der ich mich am liebsten damit beschäftige, Wolkenzüge zu beobachten, metrische Wortzauber zu erklügeln, die Geheimnisse der Elementargeister zu erlauschen, und mich in die Wunderwelt alter Märchen zu versenken … ich mußte politische Annalen herausgeben, Zeitinteressen vortragen, revolutionäre Wünsche anzetteln, die Leidenschaften aufstacheln, den armen deutschen Michel beständig an der Nase zupfen, daß er aus seinem gesunden Riesenschlaf erwache … Freilich, ich konnte dadurch bei dem schnarchenden Giganten nur ein sanftes Niesen, keineswegs aber ein Erwachen bewirken ... Und riß ich auch heftig an seinem Kopfkissen, so rückte er es sich doch wieder zurecht mit schlaftrunkener Hand ... Einst wollte ich aus Verzweiflung seine Nachtmütze in Brand stecken, aber sie war so feucht von Gedankenschweiß, daß sie nur gelinde rauchte ... und Michel lächelte im Schlummer ...

Ich bin müde und lechze nach Ruhe. Ich werde mir ebenfalls eine deutsche Nachtmütze anschaffen und über die Ohren ziehen. Wenn ich nur wüßte, wo ich jetzt mein Haupt niederlegen kann. In Deutschland ist es unmöglich. Jeden Augenblick würde ein Polizeidiener herankommen und mich rütteln, um zu erproben, ob ich wirklich schlafe; schon diese Idee verdirbt mir alles Behagen. Aber in der Tat, wo soll ich hin? Wieder nach Süden? Nach dem Lande, wo die Zitronen blühen und die Goldorangen? Ach! vor jedem Zitronenbaum steht dort eine östreichische Schildwache, und donnert dir ein schreckliches Werda! entgegen. Wie die Zitronen, so sind auch die Goldorangen jetzt sehr sauer. Oder soll ich nach Norden? Etwa nach Nordosten? Ach, die Eisbären sind jetzt gefährlicher als je, seitdem sie sich zivilisieren und Glaceehandschuh tragen. Oder soll ich wieder nach dem verteufelten England, wo ich nicht in effigie hängen, wie viel weniger in Person leben möchte! Man sollte einem noch Geld dazugeben, um dort zu wohnen, und statt dessen kostet einem der Aufenthalt in England doppelt so viel, wie an anderen Orten. Nimmermehr nach diesem schnöden Lande, wo die Maschinen sich wie Menschen, und die Menschen wie Maschinen gebärden. Das schnurrt und schweigt so beängstigend. Als ich dem hiesigen Gouverneur präsentiert wurde, und dieser Stockengländer mehre Minuten ohne ein Wort zu sprechen unbeweglich vor mir stand, kam es mir unwillkürlich in den Sinn, ihn einmal von hinten zu betrachten, um nachzusehen, ob man etwa dort vergessen habe, die Maschinen aufzuziehen. Daß die Insel Helgoland unter brittischer Herrschaft steht, ist mir schon hinlänglich fatal. Ich bilde mir manchmal ein, ich röche jene Langeweile, welche Albions Söhne überall ausdünsten. In der Tat, aus jedem Engländer entwickelt sich ein gewisses Gas, die tödliche Stickluft der Langeweile, und dieses habe ich mit eigenen Augen beobachtet, nicht in England, wo die Atmosphäre ganz davon geschwängert ist, aber in südlichen Ländern, wo der reisende Britte isoliert umherwandert, und die graue Aureole der Langeweile, die sein Haupt umgibt, in der sonnig blauen Luft recht schneidend sichtbar wird. Die Engländer freilich glauben, ihre dicke Langeweile sei ein Produkt des Ortes, und um derselben zu entfliehen, reisen sie durch alle Lande, langweilen sich überall und kehren heim mit einem diary of an ennuyé. Es geht ihnen, wie dem Soldaten, dem seine Kameraden, als er schlafend auf der Pritsche lag, Unrat unter die Nase rieben; als er erwachte, bemerkte er, es röche schlecht in der Wachtstube, und er ging hinaus, kam aber bald zurück und behauptete, auch draußen röche es übel, die ganze Welt stänke.

Einer meiner Freunde, welcher jüngst aus Frankreich kam, behauptete, die Engländer bereisten den Kontinent aus Verzweiflung über die plumpe Küche ihrer Heimat; an den französischen Table-d'hoten sähe man dicke Engländer, die nichts als Vol-au-Vents, Crème, Süprèms, Ragouts, Gelees und dergleichen luftige Speisen verschluckten, und zwar mit jenem kolossalen Appetite, der sich daheim an Rostbeefmassen und Yorkshirer Plumpudding geübt hatte, und wodurch am Ende alle französische Gastwirte zu Grunde gehen müssen. Ist etwa wirklich die Exploitation der Table-d'hoten der geheime Grund, weshalb die Engländer herumreisen? Während wir über die Flüchtigkeit lächeln, womit sie überall die Merkwürdigkeiten und Gemäldegalerien ansehen, sind sie es vielleicht, die uns mystifizieren, und ihre belächelte Neugier ist nichts als ein pfiffiger Deckmantel für ihre gastronomischen Absichten?

Aber wie vortrefflich auch die französische Küche, in Frankreich selbst soll es jetzt schlecht aussehen, und die große Retirade hat noch kein Ende. Die Jesuiten florieren dort und singen Triumphlieder. Die dortigen Machthaber sind dieselben Toren, denen man bereits vor fünfzig Jahren die Köpfe abgeschlagen ... Was halfs! sie sind dem Grabe wieder entstiegen, und jetzt ist ihr Regiment törigter als früher; denn, als man sie aus dem Totenreich ans Tageslicht heraufließ, haben manche von ihnen, in der Hast, den ersten besten Kopf aufgesetzt, der ihnen zur Hand lag, und da ereigneten sich gar heillose Mißgriffe: die Köpfe passen manchmal nicht zu dem Rumpf und zu dem Herzen, das darin spukt. Da ist mancher, welcher wie die Vernunft selbst auf der Tribüne sich ausspricht, so daß wir den klugen Kopf bewundern, und doch läßt er sich gleich darauf von dem unverbesserlich verrückten Herzen zu den dümmsten Handlungen verleiten ... Es ist ein grauenhafter Widerspruch zwischen den Gedanken und Gefühlen, den Grundsätzen und Leidenschaften, den Reden und den Taten dieser Revenants!

Oder soll ich nach Amerika, nach diesem ungeheuren Freiheitsgefängnis, wo die unsichtbaren Ketten mich noch schmerzlicher drücken würden, als zu Hause die sichtbaren, und wo der widerwärtigste aller Tyrannen, der Pöbel, seine rohe Herrschaft ausübt! Du weißt, wie ich über dieses gottverfluchte Land denke, das ich einst liebte, als ich es nicht kannte ... Und doch muß ich es öffentlich loben und preisen, aus Metierpflicht ... Ihr lieben deutschen Bauern! geht nach Amerika! dort gibt es weder Fürsten noch Adel, alle Menschen sind dort gleich, gleiche Flegel ... mit Ausnahme freilich einiger Millionen, die eine schwarze oder braune Haut haben und wie die Hunde behandelt werden! Die eigentliche Sklaverei, die in den meisten nordamerikanischen Provinzen abgeschafft, empört mich nicht so sehr, wie die Brutalität, womit dort die freien Schwarzen und die Mulatten behandelt werden. Wer auch nur im entferntesten Grade von einem Neger stammt, und wenn auch nicht mehr in der Farbe, sondern nur in der Gesichtsbildung eine solche Abstammung verrät, muß die größten Kränkungen erdulden, Kränkungen, die uns in Europa fabelhaft dünken. Dabei machen diese Amerikaner großes Wesen von ihrem Christentum und sind die eifrigsten Kirchengänger. Solche Heuchelei haben sie von den Engländern gelernt, die ihnen übrigens ihre schlechtesten Eigenschaften zurückließen. Der weltliche Nutzen ist ihre eigentliche Religion, und das Geld ist ihr Gott, ihr einziger, allmächtiger Gott. Freilich, manches edle Herz mag dort im Stillen die allgemeine Selbstsucht und Ungerechtigkeit bejammern. Will es aber gar dagegen ankämpfen, so harret seiner ein Märtyrtum, das alle europäische Begriffe übersteigt. Ich glaube, es war in Newyork, wo ein protestantischer Prediger über die Mißhandlung der farbigen Menschen so empört war, daß er, dem grausamen Vorurteil trotzend, seine eigene Tochter mit einem Neger verheuratete. Sobald diese wahrhaft christliche Tat bekannt wurde, stürmte das Volk nach dem Hause des Predigers, der nur durch die Flucht dem Tode entrann; aber das Haus ward demoliert, und die Tochter des Predigers, das arme Opfer, ward vom Pöbel ergriffen und mußte seine Wut entgelten. She was flinshed, d. h. sie ward splitternackt ausgekleidet, mit Teer bestrichen, in den aufgeschnittenen Federbetten herumgewälzt, in solcher anklebenden Federhülle durch die ganze Stadt geschleift und verhöhnt ...

O Freiheit! du bist ein böser Traum!

Auf den Verriß des längst vergessenen Schriftstellers F. von Raumer, den Heine in einer Gesprächsaufzeichnung Börne zuschreibt, folgt eine diabolische Charakteristik des Exulanten Börne, seiner Briefe aus Paris *und seiner Menagerie in der Rue de Provence, will sagen: seines politischen Salons. Es ist ein Lieblingsverfahren Heines, die Opfer seiner Personensatire in verschiedenen Stadien ihrer Vita darzustellen, und immer wieder neue unverhoffte physiognomische, moralische und geistige Verwandlungen an ihnen zu entdecken. Der starre Doktor Börne, dessen Devise das: »Dies nur vor allem: Bleib dir selber treu!« des Polonius hätte sein können, erweist sich dank Heine als wandelbarer noch als die Komödianten, gegen die er einst schrieb, auffällig für »launische Tollheit«, manipulierbar von »buntscheckiger Zeitungslektüre«. Denn anders als Polonius es vermutete, sind Methode und Wahnsinn keine Gegensätze (vgl. III, 72). Heine schreibt, ganz nach dem Geschmack des konservativen Lesepublikums, die politische Radikalisierung des Verfassers der* Briefe aus Paris, *einer unterm Einfluß der Pariser Umgebung erfolgten plötzlichen Geistesverwirrung Börnes zu, die ihm selber, Heine, eine Mischung aus Grauen und Lachlust verursacht habe; er zweifelt an der Wahrhaftigkeit des literarischen Sanskülottismus eines Börne und gibt sich den Anschein, als habe dessen agitatorische Prosa mit ihren »entsetzlichen Wortfügungen«, »hochverräterischen Zeitwörtern« und »polizeiwidrigen Fragezeichen« auch ihn aufs tiefste verschreckt.*

Vom politischen Schriftsteller zum patriotischen Volkstribunen und Großsprecher der Revolution ist nur ein kleiner Schritt. Börne hat diesen Schritt mannhaft getan. Heine begründet im dritten Buch der Denkschrift, weshalb er es nicht über sich gebracht hat, seinerseits diesen Schritt zu tun, der für ihn kaum größer ist als der vom Erhabenen zum Lächerlichen. Er mokiert sich dabei ebenso weidlich über das konservative Schreckbild des schmutzigen wie über das demokratische Klischee des reinen Volkes. Er entromantisiert die Vorstellungen von Revolution, von Politik allgemein, so wie später in ähnlichen Passagen der Lutetia *und der* Geständnisse. *Die Schilderung der »Volksversammlung« im Passage Saumon auf dem Montmartre, wo Börne sechshundert deutschen Schneidergesellen »ganz im Bergpredigerton« den radikalen Republikanismus gepredigt habe, nimmt in mancher Beziehung die Volks- und Revolutionsdarstellungen Flauberts in seiner* Education sentimentale *vorweg, mit dem Unterschied allerdings, daß Heine die eigene Unfähigkeit, den Tabaksqualm zu ertragen, der bei deutschen Revoluzzern nun einmal unvermeidlich sei, oder gar, wie sein Gegenspieler Börne, die »schlimmsten Mistdüfte mit Wonne einzusaugen und sich vergnüglich im plebejischen Kot zu wälzen«, im ironischen Geständniston als den Hauptgrund seiner demagogischen Abstinenz angibt.*

»Heine beteiligt sich an dem Literaturrausch für Polen (nach dem Fall Warschaus im September 1831) nicht, er schreibt keine lyrische Zeile für die polnische Sache, ja er neigt zur Parodie der Selbsteinschätzung polnischer Freiheitssprecher. Seine Kritik aber an Preußens Polenpolitik und dem russischen Terror ist unzweideutig«, heißt es in Brieglebs Kommentar zu einer merkwürdigen Passage über das Verhältnis Deutschlands zu Polen, auf die hiermit verwiesen sei (IV, 78-81). »Heines Skepsis und Börnes Enthusiasmus unterscheiden sich angesichts des Falls vollkommen« (IV, 804f.). Auch die Polen galten zwischen 1831 und 1848 als heilige »Märtyrer der Freiheit«. Heine umgibt Polen nicht mit der Aureole der Freiheitsreligion, er reflektiert auf seine Stellung zwischen zwei Nationen mit Weltmachtsgelüsten: Deutschen und Russen. Und formuliert wieder eine seiner delphisch dunklen Weissagungen …

Die Erinnerung an das Hambacher Fest, die gewaltigste Heerschau der demokratischen Kräfte in Deutschland, wird dreimal durch den Ausruf unterbrochen: »O Schilda, mein Vaterland!« Die beste Geschichte, die Heine »auf dieser Erde erfahren«, habe ihm, so plaudert er aus, ein »wahrheitsliebender Republikaner« erzählt, der im Hambacher Komitee saß: man habe dort sich gefragt, ob man denn wirklich kompetent sei, im Namen von ganz Deutschland eine Revolution anzufangen. Und die Mehrheit der Patrioten habe befunden, »man sei nicht kompetent«. Weshalb das Hambacher Fest schließlich ausging wie das Hornberger Schießen. Diese Anekdote wiederum wird ironisch relativiert durch die von Börnes gestohlener Taschenuhr: kriminelle Energie als ein Indiz der revolutionären.

»Die Revolution ist ein Unglück, aber ein noch größeres Unglück ist eine verunglückte Revolution«, formulierte Heine mit Blick auf die in seinen Augen mehr untüchtigen als unglücklichen Polen, die keineswegs allein seien mit ihrem Mangel an politischer Begabung, denn die Deutschen überträfen sie womöglich noch darin.

O Schilda, mein Vaterland!

Wie dem aber auch sei, das Fest von Hambach gehört zu den merkwürdigsten Ereignissen der deutschen Geschichte, und wenn ich Börne glauben soll, der diesem Feste beiwohnte, so gewährte dasselbe ein gutes Vorzeichen für die Sache der Freiheit. Ich hatte Börne lange aus den Augen verloren, und es war bei seiner Rückkehr von Hambach, daß ich ihn wiedersah, aber auch zum letztenmale in diesem Leben. Wir gingen miteinander in den Tuilerien spazieren, er erzählte mir viel von Hambach und war noch ganz begeistert von dem Jubel jener großen Volksfeier. Er konnte nicht genug die Eintracht und den Anstand rühmen, die dort herrschten. Es ist wahr, ich habe es auch aus anderen Quellen erfahren, zu Hambach gab es durchaus keine äußere Exzesse, weder betrunkene Tobsucht, noch pöbelhafte Roheit, und die Orgie, der Kirmestaumel, war mehr in den Gedanken als in den Handlungen. Manches tolle Wort wurde laut ausgesprochen in jenen Reden, die zum Teil späterhin gedruckt erschienen. Aber der eigentliche Wahnwitz ward bloß geflüstert. Börne erzählte mir: während er mit Siebenpfeifer redete, nahte sich demselben ein alter Bauer und raunte ihm einige Worte ins Ohr, worauf jener verneinend den Kopf schüttelte. »Aus Neugier«, setzte Börne hinzu, »frug ich den Siebenpfeifer, was der Bauer gewollt, und jener gestand mir, daß der alte Bauer ihm mit bestimmten Worten gesagt habe: Herr Siebenpfeifer, wenn Sie König sein wollen, wir machen Sie dazu!«

»Ich habe mich sehr amüsiert« – fuhr Börne fort – »wir waren dort alle wie Blutsfreunde, drückten uns die Hände, tranken Brüderschaft, und ich erinnere mich besonders eines alten Mannes, mit welchem ich eine ganze Stunde geweint habe, ich weiß gar nicht mehr warum. Wir Deutschen sind ein ganz prächtiges Volk und gar nicht mehr so unpraktisch wie sonst. Wir hatten in Hambach auch das lieblichste Maiwetter, wie Milch und Rosen, und ein schönes Mädchen war dort, die mir die Hand küssen wollte, als wär ich ein alter Kapuziner; ich habe das nicht gelitten, und Vater und Mutter befahlen ihr mich auf den Mund zu küssen, und versicherten mir, daß sie mit dem größten Vergnügen meine sämtlichen Schriften gelesen. Ich habe mich sehr amüsiert. Auch meine Uhr ist mir gestohlen worden. Aber das freut mich ebenfalls, das ist gut, das gibt mir Hoffnung. Auch wir, und das ist gut, auch wir haben Spitzbuben unter uns, und werden daher desto leichter reüssieren. Da ist der verwünschte Kerl von Montesquieu, welcher uns eingeredet hatte, die Tugend sei das Prinzip der Republikaner! und ich ängstigte mich schon daß unsere Partei aus lauter ehrlichen Leuten bestehen und deshalb nichts ausrichten würde. Es ist durchaus nötig, daß wir, eben so gut wie unsre Feinde, auch Spitzbuben unter uns haben. Ich hätte gerne den Patrioten entdeckt, der mir zu Hambach meine Uhr gemaust; ich würde ihm, wenn wir zur Regierung kommen, sogleich die Polizei übertragen und die Diplomatie. Ich kriege ihn aber heraus, den Dieb. Ich werde nämlich im Hamburger »Korrespondenten« annoncieren, daß ich dem ehrlichen Finder meiner Uhr die Summe von 100 Louisdor auszahle. Die Uhr ist es wert, schon als Kuriosität: es ist nämlich die erste Uhr, welche die deutsche Freiheit gestohlen hat. Ja, auch wir, Germaniens Söhne, wir erwachen aus unserer schläfrigen Ehrlichkeit ... Tyrannen zittert, wir stehlen auch!«

Das Ende des vierten Buchs der Börne-Denkschrift bringt die Wendung zum Judentum Börnes, der die Judenfrage im Sinne der französischen Revolution gelöst sehen wollte: »Den Juden als Einzelnen – Alles; den Juden als Volk – Nichts.« (Vgl. Georg Henberger: Ludwig Börne – Juif de Francfort, *in: Estermann, Alfred,* Ludwig Börne 1786–1837. *Ausstellungskatalog, Frankfurt/Main 1986, S. 247–253.) Heine plädiert minder bedingungslos für das Aufgehen des jüdischen Volkes in einer befreiten Menschheit, seine Gegenüberstellung der deutschen Kyffhäuser-Sage und der Vorstellung des Rabbi aus Krakau über den Messias sowie seine Anwendung eines pikanten Hegel-Wortes auf das »Volk des Geistes« beweisen es.*

Die Verdächtigung seines Patriotismus erregte bei Börne, in der angeführten Stelle, eine Mißlaune, die der bloße Vorwurf jüdischer Abstammung niemals in ihm hervorzurufen vermochte. Es amüsierte ihn sogar, wenn die Feinde, bei der Fleckenlosigkeit seines Wandels, ihm nichts Schlimmeres nachzusagen wußten, als daß er der Sprößling eines Stammes, der einst die Welt mit seinem

Ruhm erfüllte und trotz aller Herabwürdigung noch immer die uralt heilige Weihe nicht ganz eingebüßt hat. Er rühmte sich sogar oft dieses Ursprungs, freilich in seiner humoristischen Weise, und den Mirabeau parodierend, sagte er einst zu einem Franzosen: »Jésus-Christ – qui en parenthèse était mon cousin – a prêché l'égalité usw.« In der Tat, die Juden sind aus jenem Teige, woraus man Götter knetet; tritt man sie heute mit Füßen, fällt man morgen vor ihnen auf die Kniee; während die Einen sich im schäbbigsten Kote des Schachers herumwühlen, ersteigen die Anderen den höchsten Gipfel der Menschheit, und Golgatha ist nicht der einzige Berg, wo ein jüdischer Gott für das Heil der Welt geblutet. Die Juden sind das Volk des Geistes, und jedesmal, wenn sie zu ihrem Prinzipe zurückkehren, sind sie groß und herrlich, und beschämen und überwinden ihre plumpen Dränger. Der tiefsinnige Rosenkranz vergleicht sie mit dem Riesen Antäus, nur daß dieser jedesmal erstarkte, wenn er die Erde berührte, jene aber, die Juden, neue Kräfte gewinnen, sobald sie wieder mit dem Himmel in Berührung kommen. Merkwürdige Erscheinung der grellsten Extreme! während unter diesen Menschen alle möglichen Fratzenbilder der Gemeinheit gefunden werden, findet man unter ihnen auch die Ideale des reinsten Menschentums, und wie sie einst die Welt in neue Bahnen des Fortschrittes geleitet, so hat die Welt vielleicht noch weitere Initiationen von ihnen zu erwarten ...

Die Natur, sagte mir einst Hegel, ist sehr wunderlich; dieselben Werkzeuge, die sie zu den erhabensten Zwecken gebraucht, benutzt sie auch zu den niedrigsten Verrichtungen, z. B. jenes Glied, welchem die höchste Mission, die Fortpflanzung der Menschheit, anvertraut ist, dient auch zum – – –

Diejenigen, welche über die Dunkelheit Hegels klagen, werden ihn hier verstehen, und wenn er auch obige Worte nicht eben in Beziehung auf Israel aussprach, so lassen sie sich doch darauf anwenden.

Das fünfte und letzte Buch der Denkschrift beginnt mit einer Klage über das Los des Exulanten, der schier die beneiden möchte, »welche in den Kerkern der Heimat ruhig hinmodern«. Diese Klage im Bibelton, mit modernen schrillen Akzenten versehen, illustriert der folgende Traumbericht, ein Nachtgedicht in Prosa, von dem ein Kritiker urteilte, »die gesamte Epoche seit 1789 [sei in ihm] zum Bild verdichtet, mit einem Scharfblick für die Signaturen der Zeit, das physiognomische Detail, ⟨...⟩ der jede theoretische Analyse in den Schatten stellt.« (Norbert Altenhofer: Die verlorene Augensprache, *op. cit., S. 98.) Dieser Pariser Thermopylentraum wird nach 1848 vom Heine der* Geständnisse *noch weiter modernisiert im Vergleich des Bankrotts eines Zeitschriftenunternehmers und seiner Aktionäre mit Leonidas und seinen dreihundert Spartanern (VI/1, 464f.). Aber auch der sarkastische Nachruf Marxens zu Beginn des* Achtzehnten Brumaire des Louis Bonaparte *auf die heroisch-revolutionäre Periode des Bürgertums wie gewisse Prosagedichte Baudelaires, allen voran* Perte d'auréole, *gehören gedanklich und ästhetisch in die Nähe dieses grandiosen Traumtextes.*

Am glücklichsten sind wohl die Toten, die im Grabe liegen, auf dem Père-Lachaise, wie du, armer Börne!

Ja glücklich sind diejenigen, welche in den Kerkern der Heimat, glücklich die, welche in den Dachstuben des körperlichen Elends, glücklich die Verrückten im Tollhaus, am glücklichsten die Toten! Was mich betrifft, den Schreiber dieser Blätter, ich glaube mich am Ende gar nicht so sehr beklagen zu dürfen, da ich des Glückes aller dieser Leute gewissermaßen teilhaft werde, durch jene wunderliche Empfänglichkeit, jene unwillkürliche Mitempfindung, jene Gemütskrankheit, die wir bei den Poeten finden und mit keinem rechten Namen zu bezeichnen wissen. Wenn ich auch am Tage wohlbeleibt und lachend dahinwandle durch die funkelnden Gassen Babylons, glaubt mirs! sobald der Abend herabsinkt, erklingen die melancholischen Harfen in meinem Herzen, und gar des Nachts erschmettern darin alle Pauken und Zimbeln des Schmerzes, die ganze Janitscharenmusik der Weltqual, und es steigt empor der entsetzlich gellende Mummenschanz …

O welche Träume! Träume des Kerkers, des Elends, des Wahnsinns, des Todes! Ein schrillendes Gemisch von Unsinn und Weisheit, eine bunte vergiftete Suppe, die nach Sauerkraut schmeckt und nach Orangenblüten riecht! Welch ein grauenhaftes Gefühl, wenn die nächtlichen Träume das Treiben des Tages verhöhnen, und aus den flammenden Mohnblumen die ironischen Larven hervorgucken und Rübchen schaben, und die stolzen Lorbeerbäume sich in graue Disteln verwandeln, und die Nachtigallen ein Spottgelächter erheben …

Gewöhnlich, in meinen Träumen, sitze ich auf einem Eckstein der Rue Laffitte an einem feuchten Herbstabend, wenn der Mond auf das schmutzige Boulevardpflaster herabstrahlt mit langen Streiflichtern, so daß der Kot vergoldet scheint, wo nicht gar mit blitzenden Diamanten übersät … Die vorübergehenden Menschen sind ebenfalls nur glänzender Kot: Stockjobbers, Spieler, wohlfeile Skribenten, Falschmünzer des Gedankens, noch wohlfeilere Dirnen, die freilich nur mit dem Leibe zu lügen brauchen, satte Faulbäuche, die im Café de Paris gefüttert worden und jetzt nach der Académie de Musique hinstürzen, nach der Kathedrale des Lasters, wo Fanny Elßler tanzt und lächelt … Dazwischen rasseln auch die Karossen und springen die Lakaien, die bunt wie Tulpen und gemein wie ihre gnädige Herrschaft … Und wenn ich nicht irre, in einer jener frechen goldnen Kutschen sitzt der ehemalige Zigarrenhändler Aguado, und seine stampfenden Rosse bespritzen von oben bis unten meine rosaroten Trikotkleider ... Ja, zu meiner eigenen Verwunderung, bin ich ganz in rosaroten Trikot gekleidet in ein sogenanntes fleischfarbiges Gewand, da die vorgerückte Jahrzeit und auch das Klima keine völlige Nacktheit erlaubt wie in Griechenland, bei den Thermopylen wo der König Leonidas mit seinen dreihundert Spartanern, am Vorabend der Schlacht, ganz nackt tanzte, ganz nackt das Haupt mit Blumen bekränzt ... Eben wie Leonidas auf dem Gemälde von David bin ich kostümiert, wenn ich in meinen Träumen auf dem Eckstein sitze, an der Rue Laffitte, wo der verdammte Kutscher von Aguado mir meine Trikothosen bespritzt ... Der Lump, er bespritzt mir sogar den Blumenkranz, den schönen Blumenkranz den ich auf meinem Haupte trage, der aber unter uns gesagt, schon ziemlich trocken und nicht mehr duftet ... Ach! es waren frische freudige Blumen, als ich mich einst damit schmückte, in der Meinung, den anderen Morgen ginge es zur Schlacht, zum heiligen Todessieg für das Vaterland – – – Das ist nun lange her, mürrisch und müßig sitze ich an der Rue Laffitte und harre des Kampfes, und unterdessen welken die Blumen auf meinem Haupte, und auch meine Haare färben sich weiß, und mein Herz erkrankt mir in der Brust ... Heiliger Gott! was wird einem die Zeit so lange bei solchem tatenlosen Harren, und am Ende stirbt mir noch der Mut ... Ich sehe wie die Leute vorbeigehen, mich mitleidig anschauen und einander zuflüstern: der arme Narr!

Wie die Nachtträume meine Tagesgedanken verhöhnen, so geschieht es auch zuweilen, daß die Gedanken des Tages über die unsinnigen Nachtträume sich lustig machen und mit Recht, denn ich handle im Traume oft wie ein wahrer Dummkopf. Jüngst träumte mir, ich machte eine große Reise durch ganz Europa, nur daß ich mich dabei keines Wagens mit Pferden, sondern eines gar prächtigen Schiffes bediente. Das ging gut, wenn ein Fluß oder ein See sich auf meinem Wege befand. Solches war aber der seltenere Fall, und gewöhnlich mußte ich über festes Land, was für mich sehr unbequem, da ich alsdann mein Schiff über weite Ebenen, Waldstege, Moorgründe, und sogar über sehr hohe Berge fortschleppen mußte, bis ich wieder an einen Fluß oder See kam, wo ich gemächlich segeln konnte. Gewöhnlich aber, wie gesagt, mußte ich mein Fahrzeug selber fortschleppen, was mir sehr viel Zeitverlust und nicht geringe Anstrengung kostete, so daß ich am Ende vor Überdruß und Müdigkeit erwachte. Nun aber, des Morgens, beim ruhigen Kaffee, machte ich die richtige Bemerkung: daß ich weit schneller und bequemer gereist wäre, wenn ich gar kein Schiff besessen hätte, und wie ein gewöhnlicher armer Teufel immer zu Fuß gegangen wäre.

Am Ende kommt es auf eins heraus, wie wir die große Reise gemacht haben, ob zu Fuß, oder zu Pferd, oder zu Schiff ... Wir gelangen am Ende alle in dieselbe Herberge in dieselbe schlechte Schenke, wo man die Türe mit einer Schaufel aufmacht, wo die Stube so eng, so kalt, so dunkel, wo man aber gut schläft, fast gar zu gut ...

Ob wir einst auferstehen? Sonderbar! meine Tagesgedanken verneinen diese Frage, und aus reinem Widerspruchsgeiste wird sie von meinen Nachtträumen bejaht. So z. B. träumte mir unlängst: ich sei in der ersten Morgenfrühe nach dem Kirchhof gegangen, und dort, zu meiner höchsten Verwunderung, sah ich, wie bei jedem Grabe ein Paar blankgewichster Stiefel stand, ungefähr wie in den Wirtshäusern vor den Stuben der Reisenden ... Das war ein wunderlicher Anblick, es herrschte eine sanfte Stille auf dem ganzen Kirchhof, die müden Erdenpilger schliefen, Grab neben Grab, und die blankgewichsten Stiefel, die dort in langen Reihen standen, glänzten im frischen

Morgenlicht, so hoffnungsreich, so verheißungsvoll, wie ein sonnenklarer Beweis der Auferstehung.

Die letzten Seiten des Buches über Börne – ein echt Heinesches Finale: auf dem Grabe Börnes oder genauer, im Herzen der Hauptstadt des 19. Jahrhunderts, setzt sich Heine sein eigenes Denkmal und bestimmt, provozierend selbstherrlich, noch dessen Monumentalität wie auch die Winzigkeit derer, »die davor stehen und schwindlicht hinaufblinzeln«. Kein Wunder, daß Gegner und Neider schäumten angesichts dieser Selbstaufrichtung des Geistesobelisken. Und auch die nachfolgende Prophezeiung ist ein Schlag ins Gesicht der Leute, die es mit dem Engagement für die Demokratie ehrlich meinen, wenn er über die biedere Quacksalberei der modernen Puritaner spottet: »Da kommen zunächst die Radikalen und verschreiben eine Radikalkur.« In solchen Passagen geht Heine bewußt das Risiko ein, von der falschen Seite Beifall zu bekommen; aber er will ja auch nicht alle Welt gleichzeitig gegen sich aufbringen. Ein anderer Aspekt seiner Mystifikationsstrategie ist die Übersetzung der »nüchternen Begriffslaute des hellen Tages« in die »grelle Bilderschrift des Traums«, welche freilich der Entzifferung durch Eingeweihte bedarf, nicht anders als die Hieroglyphenschrift einer Rahel Varnhagen.

Ich fühle eine sonderbare Müdigkeit des Geistes; wenn er auch in der letzten Zeit nicht viel geschaffen, so war er doch immer auf den Beinen. Ob das, was ich überhaupt schuf in diesem Leben, gut oder schlecht war, darüber wollen wir nicht streiten. Genug, es war groß; ich merkte es an der schmerzlichen Erweiterung der Seele, woraus diese Schöpfungen hervorgingen ... und ich merke es auch an der Kleinheit der Zwerge, die davor stehen und schwindlicht hinaufblinzeln ... Ihr Blick reicht nicht bis zur Spitze, und sie stoßen sich nur die Nasen an dem Piedestal jener Monumente, die ich in der Literatur Europas aufgepflanzt habe, zum ewigen Ruhme des deutschen Geistes. Sind diese Monumente ganz makellos, sind sie ganz ohne Fehl und Sünde? Wahrlich, ich will auch hierüber nichts Bestimmtes behaupten. Aber was die kleinen Leute daran auszusetzen wissen, zeugt nur von ihrer eigenen putzigen Beschränktheit. Sie erinnern mich an die kleinen Pariser Badauds, die bei der Aufrichtung des Obelisk auf der Place Louis XVI. über den Wert oder die Nützlichkeit dieses großen Sonnenzeigers ihre respektiven Ansichten austauschten. Bei dieser Gelegenheit kamen die ergötzlichsten Philistermeinungen zum Vorschein. Da war ein schwindsüchtig dünner Schneider, welcher behauptete, der rote Stein sei nicht hart genug, um dem nordischen Klima lange zu widerstehen, und das Schneewasser werde ihn bald zerbröckeln und der Wind ihn niederstürzen. Der Kerl hieß Petit Jean und machte sehr schlechte Röcke, wovon kein Fetzen auf die Nachwelt kommen wird, und er selbst liegt schon verscharrt auf dem Père-Lachaise. Der rote Stein aber steht noch immer fest auf der Place Louis XVI., und wird noch Jahrhunderte dort stehen bleiben, trotzend allem Schneewasser, Wind und Schneidergeschwätz!

Das Spaßhafteste bei der Aufrichtung des Obelisken war folgendes Ereignis:

Auf der Stelle, wo der große Stein gelegen, ehe man ihn aufrichtete, fand man einige kleine Skorpionen, wahrscheinlich entsprungen aus etwelchen Skorpioneneiern, die in der Emballage des Obelisken aus Egypten mitgebracht und hier zu Paris von der Sonnenhitze ausgebrütet wurden. Über diese Skorpionen erhuben nun die Badauds ein wahres Zetergeschrei, und sie verfluchten den großen Stein, dem Frankreich jetzt die giftigen Skorpionen verdanke, eine neue Landplage, woran noch Kinder und Kindeskinder leiden würden ... Und sie legten die kleinen Ungetüme in eine Schachtel und brachten sie zum Commissaire-de-Police des Madeleineviertels, wo gleich Procès-verbal darüber aufgenommen wurde ... und Eile tat not, da die armen Tierchen einige Stunden nachher starben ...

Auch bei der Aufrichtung großer Geistesobelisken können allerlei Skorpionen zum Vorschein kommen, kleinliche Gifttierchen, die vielleicht ebenfalls aus Egypten stammen und bald sterben und vergessen werden, während das große Monument erhaben und unzerstörbar stehen bleibt, bewundert von den spätesten Enkeln. – –

Es ist doch eine sonderbare Sache mit dem Obelisken des Luxor, welchen die Franzosen aus dem alten Mizraim herübergeholt und als Zierat aufgestellt haben, inmitten jenes grauenhaften Platzes, wo sie mit der Vergangenheit den entsetzlichen Bruch gefeiert, am 21. des Januar 1793. Leichtsinnig wie sie sind, die Franzosen, haben sie hier vielleicht einen Denkstein aufgepflanzt, der den Fluch ausspricht über jeden, welcher Hand legt an das heilige Haupt Pharaos!

Wer enträtselt diese Stimme der Vorzeit, diese uralten Hieroglyphen? Sie enthalten vielleicht keinen Fluch, sondern ein Rezept für die Wunde unserer Zeit! O wer lesen könnte! Wer sie ausspräche, die heilenden Worte, die hier eingegraben ... Es steht hier vielleicht geschrieben, wo die verborgene Quelle rieselt, woraus die Menschheit trinken muß, um geheilt zu werden, wo das geheime Wasser des Lebens, wovon uns die Amme in den alten Kindermärchen so viel erzählt hat, und wonach wir jetzt schmachten als kranke Greise. – Wo fließt das Wasser des Lebens? Wir suchen und suchen ...

Ach, es wird noch eine gute Weile dauern, ehe wir das große Heilmittel ausfündig machen; bis dahin muß noch eine lange schmerzliche Zeit dahingesiecht werden, und allerlei Quacksalber werden auftreten, mit Hausmittelchen, welche das Übel nur verschlimmern. Da kommen zunächst die Radikalen und verschreiben eine Radikalkur, die am Ende doch nur äußerlich wirkt, höchstens den gesellschaftlichen Grind vertreibt, aber nicht die innere Fäulnis. Gelänge es ihnen auch, die leidende Menschheit auf eine kurze Zeit von ihren wildesten Qualen zu befreien, so geschähe es doch nur auf Kosten der letzten Spuren von Schönheit, die dem Patienten bis jetzt geblieben sind; häßlich wie ein geheilter Philister, wird er aufstehen von seinem Krankenlager, und in der häßlichen Spitaltracht, in dem aschgrauen Gleichheitskostüm wird er sich all sein Lebtag herumschleppen müssen. Alle überlieferte Heiterkeit, alle Süße, aller Blumenduft, alle Poesie wird aus dem Leben herausgepumpt werden, und es wird davon nichts übrig bleiben, als die Rumfordsche Suppe der Nützlichkeit. – Für die Schönheit und das Genie wird sich kein Platz finden in dem Gemeinwesen unserer neuen Puritaner, und beide werden fletriert und unterdrückt werden, noch weit betrübsamer als unter dem älteren Regimente. Denn Schönheit und Genie sind ja auch eine Art Königtum, und sie passen nicht in eine Gesellschaft, wo jeder, im Mißgefühl der eigenen Mittelmäßigkeit, alle höhere Begabnis herabzuwürdigen sucht, bis aufs banale Niveau.

Die Könige gehen fort, und mit ihnen gehen die letzten Dichter. »Der Dichter soll mit dem König gehen«, diese Worte dürften jetzt einer ganz anderen Deutung anheimfallen. Ohne Autoritätsglauben kann auch kein großer Dichter emporkommen. Sobald sein Privatleben von dem unbarmherzigsten Lichte der Presse beleuchtet wird, und die Tageskritik an seinen Worten würmelt und nagt, kann auch das Lied des Dichters nicht mehr den nötigen Respekt finden. Wenn Dante durch die Straßen von Verona ging, zeigte das Volk auf ihn und flüsterte: »Der war in der

Hölle!« Hätte er sie sonst mit allen ihren Qualen so treu schildern können? Wie weit tiefer, bei solchem ehrfurchtsvollen Glauben, wirkte die Erzählung der Francesca von Rimini, des Ugolino und aller jener Qualgestalten, die dem Geiste des großen Dichters entquollen ...

Nein, sie sind nicht bloß seinem Geiste entquollen, er hat sie nicht gedichtet, er hat sie gelebt, er hat sie gefühlt, er hat sie gesehen, betastet, er war wirklich in der Hölle, er war in der Stadt der Verdammten ... er war im Exil! – – –

Die öde Werkeltagsgesinnung der modernen Puritaner verbreitet sich schon über ganz Europa, wie eine graue Dämmerung, die einer starren Winterzeit vorausgeht ... Was bedeuten die armen Nachtigallen, die plötzlich schmerzlicher, aber auch süßer als je ihr melodisches Schluchzen erheben im deutschen Dichterwald? Sie singen ein wehmütiges Ade! Die letzten Nymphen, die das Christentum verschont hat, sie flüchten ins wildeste Dikkicht. In welchem traurigen Zustand habe ich sie dort erblickt, jüngste Nacht! ...

Als ob die Bitternisse der Wirklichkeit nicht hinreichend kummervoll wären, quälen mich noch die bösen Nachtgesichte ... In greller Bilderschrift zeigt mir der Traum das große Leid, das ich mir gern verhehlen möchte, und das ich kaum auszusprechen wage in den nüchternen Begriffslauten des hellen Tages – – –

Jüngste Nacht träumte mir von einem großen wüsten Walde und einer verdrießlichen Herbstnacht. In dem großen wüsten Walde, zwischen den himmelhohen Bäumen kamen zuweilen lichte Plätze zum Vorschein, die aber von einem gespenstisch weißen Nebel gefüllt waren. Hie und da, aus dem dicken Nebel, grüßte ein stilles Waldfeuer. Auf eines derselben hinzuschreitend, bemerkte ich allerlei dunkle Schatten, die sich rings um die Flammen bewegten; doch erst in der unmittelbarsten Nähe konnte ich die schlanken Gestalten und ihre melancholisch holden Gesichter genau erkennen. Es waren schöne, nackte Frauenbilder, gleich den Nymphen, die wir auf den lüsternen Gemälden des Giulio Romano sehen und die, in üppiger Jugendblüte, unter sommergrünem Laubdach, sich anmutig lagern und erlustigen ... Ach! kein so heiteres Schauspiel bot sich hier meinem Anblick! die Weiber meines Traumes, obgleich noch immer geschmückt mit dem Liebreiz ewiger Jugend, trugen dennoch eine geheime Zerstörnis an Leib und Wesen; die Glieder waren noch immer bezaubernd durch süßes Ebenmaß, aber etwas abgemagert und wie überfröstelt von kaltem Elend, und gar in den Gesichtern, trotz des lächelnden Leichtsinns, zuckten die Spuren eines abgrundtiefen Grams. Auch, statt auf schwellenden Rasenbänken, wie die Nymphen des Giulio, kauerten sie auf dem harten Boden, unter halbentlaubten Eichenbäumen, wo, statt der verliebten Sonnenlichter, die quirlenden Dünste der feuchten Herbstnacht auf sie herabsinterten ... Manchmal erhob sich eine dieser Schönen, ergriff aus dem Reisig einen lodernden Brand, schwang ihn über ihr Haupt, gleich einem Thyrsus, und versuchte eine jener unmöglichen Tanzposituren, die wir auf etruskischen Vasen sehen ... aber traurig lächelnd, wie bezwungen von Müdigkeit und Nachtkälte, sank sie wieder zurück ans knisternde Feuer. Besonders eine unter diesen Frauen bewegte mein ganzes Herz mit einem fast wollüstigen Mitleid. Es war eine hohe Gestalt, aber noch weit mehr als die anderen abgemagert an Armen, Beinen, Busen und Wangen, was jedoch statt abstoßend vielmehr zauberhaft anziehend wirkte. Ich weiß nicht wie es kam, aber ehe ich mich dessen versah, saß ich neben ihr am Feuer, beschäftigt, ihre frostzitternden Hände und Füße an meinen brennenden Lippen zu wärmen; auch spielte ich mit ihren schwarzen feuchten Haarflechten, die über das griechisch gradnäsige Gesicht und den rührend kalten, griechisch kargen Busen herabhingen ... Ja, ihr Haupthaar war von einer fast strahlenden Schwärze, so wie auch ihre Augenbraunen, die üppig schwarz zusammenflossen, was ihrem Blick einen sonderbaren Ausdruck von schmachtender Wildheit erteilte. »Wie alt bist du, unglückliches Kind«, sprach ich zu ihr. »Frag mich nicht nach meinem Alter« – antwortete sie mit einem halb wehmütig, halb frevelhaften Lachen – »wenn ich mich auch um ein Jahrtausend jünger machte, so blieb ich doch noch ziemlich bejahrt! Aber es wird jetzt immer kälter, und mich schläfert, und wenn du mir dein Knie zum Kopfkissen borgen willst, so wirst du deine gehorsame Dienerin sehr verpflichten ...«

Während sie nun auf meinen Knieen lag und schlummerte, und manchmal, wie eine Sterbende, im Schlafe röchelte, flüsterten ihre Gefährtinnen allerlei Gespräche, wovon ich nur sehr wenig verstand, da sie das Griechische ganz anders aussprachen, als ich es in der Schule und später auch beim alten Wolf gelernt hatte ... Nur so viel begriff ich, daß sie über die schlechte Zeit klagten und noch eine Verschlimmerung derselben befürchteten, und sich vornahmen noch tiefer waldeinwärts zu flüchten ... Da plötzlich, in der Ferne, erhob sich ein Geschrei von rohen Pöbelstimmen ... Sie schrieen, ich weiß nicht mehr was? ... Dazwischen kicherte ein katholisches Mettenglöckchen ... Und meine schönen Waldfrauen wurden sichtbar noch blasser und magerer, bis sie endlich ganz in Nebel zerflossen, und ich selber gähnend erwachte.

Der Nachruf auf Ludwig Marcus, den Heine selbst als einen der »größten und besten« bezeichnet, die er für die Allgemeine Zeitung *je geschrieben habe, ist, trotz vorheriger Selbstzensur des Autors, am 22. April 1844 verstümmelt in der* AZ *erschienen. (Der vierte Absatz ist im folgenden nach der Handschrift ergänzt.) Es geht um die Formulierung der*

Zwecke des Berliner Vereins für Kultur und Wissenschaft des Judentums, dem Heine und sein Pariser Mitexulant Marcus 1822/23 angehört hatten. Im Jahr des Nachrufs erscheint Marxens Zur Judenfrage *in den* Deutsch-Französischen Jahrbüchern. *Die Formel von der »Verbrüderung der Arbeiter in allen Ländern« läßt Heines Nähe zu dem Pariser Sozialistenkreis um Marx, Heß, Bakunin, Bernays und Ruge erkennen, mit denen der Dichter im Jahre 1844 intensiven Umgang pflegt. Der Text stellt ein Zwischenglied dar zwischen den entsprechenden Reflexionen der* Börne-Denkschrift *(IV, 399ff.) und der* Geständnisse *(VI, 485ff.), die ja gleichfalls die Verwandtschaft von Juden und Deutschen betonen.*

Wir haben die Teilnahme des Marcus an dem Verein für Kultur und Wissenschaft des Judentums als einen Umstand bezeichnet, der uns wichtiger und merkwürdiger erschien als all sein stupendes Wissen und seine sämtlichen gelehrten Arbeiten. Ihm selber mag ebenfalls die Zeit, wo er den Bestrebungen und Illusionen jenes Vereins sich hingab, als die sonnigste Blütenstunde seines kümmerlichen Lebens erschienen sein. Deshalb mußte hier jenes Vereins ganz besonders Erwähnung geschehen, und eine nähere Erörterung seines Gedankens wäre wohl nicht überflüssig. Aber der Raum und die Zeit und ihre Hüter gestatten in diesen Blättern keine solche ausgeführte Darstellung, da letztere nicht bloß die religiösen und bürgerlichen Verhältnisse der Juden, sondern auch die aller deistischen Sekten auf diesem Erdball umfassen müßte. Nur soviel will ich hier aussprechen, daß der esoterische Zweck jenes Vereins nichts anderes war als eine Vermittlung des historischen Judentums mit der modernen Wissenschaft, von welcher man annahm, daß sie im Laufe der Zeit zur Weltherrschaft gelangen würde. Unter ähnlichen Umständen, zur Zeit des Philo, als die griechische Philosophie allen alten Dogmen den Krieg erklärte, ward in Alexandrien Ähnliches versucht, mit mehr oder weniger Mißgeschick. Von schismatischer Aufklärung war hier nicht die Rede und noch weniger von jener Emanzipation, die in unsern Tagen manchmal so ekelhaft geistlos durchgeträtscht wird, daß man das Interesse dafür verlieren könnte. Namentlich haben es die israelitischen Freunde dieser Frage verstanden, sie in eine wäßrige graue Wolke von Langweiligkeit zu hüllen, die ihr schädlicher ist als das blödsinnige Gift der Gegner. Da gibt es gemütliche Pharisäer, die noch besonders damit prahlen, daß sie kein Talent zum Schreiben besitzen und dem Apollo zum Trotz für Jehova die Feder ergriffen haben. Mögen die deutschen Regierungen doch recht bald ein ästhetisches Erbarmen mit dem Publikum haben und jenen Salbadereien ein Ende machen durch Beschleunigung der Emanzipation, die doch früh oder spät bewilligt werden muß.

Ja, die Emanzipation wird früh oder spät bewilligt werden müssen, aus Gerechtigkeitsgefühl, aus Klugheit, aus Notwendigkeit. Die Antipathie gegen die Juden hat bei den obern Klassen keine religiöse Wurzel mehr, und bei den untern Klassen transformiert sie sich täglich mehr und mehr in den sozialen Groll gegen die überwuchernde Macht des Kapitals, gegen die Ausbeutung der Armen durch die Reichen. Der Judenhaß hat jetzt einen andern Namen, sogar beim Pöbel. Was aber die Regierungen betrifft, so sind sie endlich zur hochweisen Ansicht gelangt, daß der Staat ein organischer Körper ist und daß derselbe nicht zu einer vollkommenen Gesundheit gelangen kann, solange ein einziges seiner Glieder, und sei es auch nur der kleine Zeh, an einem Gebreste leidet. Ja, der Staat mag noch so keck sein Haupt tragen und mit breiter Brust allen Stürmen trotzen, das Herz in der Brust und sogar das stolze Haupt wird dennoch den Schmerz mitempfinden müssen, wenn der kleine Zeh an den Hühneraugen leidet – die

Judenbeschränkungen sind solche Hühneraugen an den deutschen Staatsfüßen.

Und bedächten gar die Regierungen, wie entsetzlich der Grundpfeiler aller positiven Religionen, die Idee des Deismus selbst, von neuen Doktrinen bedroht ist, wie die Fehde zwischen dem Wissen und dem Glauben überhaupt nicht mehr ein zahmes Scharmützel, sondern bald eine wilde Todesschlacht sein wird – bedächten die Regierungen diese verhüllten Nöten, sie müßten froh sein, daß es noch Juden auf der Welt gibt, daß die Schweizergarde des Deismus, wie der Dichter sie genannt hat, noch auf den Beinen steht, daß es noch ein Volk Gottes gibt. Statt sie von ihrem Glauben durch gesetzliche Beschränkungen abtrünnig zu machen, sollte man sie noch durch Prämien darin zu stärken suchen, man sollte ihnen auf Staatskosten ihre Synagogen bauen, damit sie nur hineingehen und das Volk draußen sich einbilden mag, es werde in der Welt noch etwas geglaubt. Hütet euch, die Taufe unter den Juden zu befördern. Das ist eitel Wasser und trocknet leicht. Befördert vielmehr die Beschneidung, das ist der Glauben, eingeschnitten ins Fleisch; in den Geist läßt er sich nicht mehr einschneiden. Befördert die Zeremonie der Denkriemen, womit der Glaube festgebunden wird auf den Arm; der Staat sollte den Juden gratis das Leder dazu liefern sowie auch das Mehl zu Matzekuchen, woran das gläubige Israel schon drei Jahrtausende knuspert. Fördert, beschleunigt die Emanzipation, damit sie nicht zu spät komme und überhaupt noch Juden in der Welt antrifft, die den Glauben ihrer Väter dem Heil ihrer Kinder vorziehen. Es gibt ein Sprichwort: »Während der Weise sich besinnt, besinnt sich auch der Narr.«

⟨Aber die deutsche Nazionalität wird sie nicht Schaden leiden durch die gänzliche Verschmelzung mit den Juden? Unsere Patrioten die nur Race und Vollblut und dergl. Roßkammgedanken im Kopfe tragen, diese Nachzügler der Vergangenheit werden bald mit Gegnern zusammentreffen, die allen ihren Träumen von germanischer, romanischer und slavischer Volksthümlichkeit ein Ende machen werden und es wird ihnen nicht mehr in den Sinn kommen an der Deutschheit der Juden zu mäkeln. Ich spreche hier namentlich von jener Verbrüderung der Arbeiter in allen Ländern, von dem wilden Heer das alles Nazionalitätenwesen vertilgen will um den gemeinschaftlichen Zweck in ganz Europa zu verfolgen. Aber giebt es wirklich eine so große Nazionalverschiedenheit zwischen den deutschen Juden, die seit anderthalb Jahrtausenden in Deutschland angesiedelt, und ihren christlichen Landsleuten? wahrlich nein. Merkwürdigerweise herrschte schon in den ältesten Zeiten die größte Wahlverwandtschaft zwischen Juden und Germanen, und in Vergleichung mit den Nachbarländern erschien mir Judea immer als eine Art Deutschland, ich möchte fast sagen als die Mark Brandenburg des Orients. Wunderbare Übereinstimmung in der Sinnesart bey beiden Völkern: der tapferste Haß gegen Rom, persönliches Freyheitsgefühl, Sittlichkeit. Auch haben die Germanen den judäischen Spiritualismus am gründlichsten in sich aufgenommen. Sogar die Geschichtsurkunden der Juden, die Bibel, wurde das Nazionalbuch im germanischen Norden, ging über in Fleisch und Blut, gab dort dem innern und äußern Leben sein eigenthümliches Gepräge – und die Leute, die von den Spuren des Morgenländischen bey den Juden sprechen, bemerken gar nicht die alttestamentalische, echtjüdische Physiognomie des germanischen Nordens in Europa und Amerika.⟩

Auf den »Charfreitag 1847« datiert Heine das Vorwort zu einer Sammlung von Dorfnovellen des zweisprachig publizierenden jüdisch-elsässischen Schriftstellers Alexandre Weill, der übrigens beinahe ein Menschenalter nach Heines Tod ein Erinnerungsbuch an den Freund herausgeben sollte Souvenirs intimes de Henri Heine. *Heines Vorwort verhehlt die ästhetischen Vorbehalte gegen die engagierte Literatur Weills keineswegs. Doch seine Bedeutung liegt nicht so sehr im kritischen Gestus der ersten, als vielmehr im prophetischen der zweiten Hälfte, zu der dieses Vorwort bloß den Vorwand abgibt.*

Herr A. Weill, der Verfasser der elsässischen Idyllen, denen wir einige Geleitzeilen widmen, behauptet, daß er der erste gewesen, der dieses Genre auf den deutschen Büchermarkt gebracht. Es hat mit dieser Behauptung vollkommen seine Richtigkeit, wie uns Freunde versichern, die sich zugleich dahin aussprechen, als habe der erwähnte Autor nicht bloß die ersten, sondern auch die besten Dorfnovellen geschrieben. Unbekanntschaft mit den Meisterwerken der Tagesschriftstellerei jenseits des Vater Rheins hindert uns, hierüber ein selbständig eignes Urteil zu fällen.

Dem Genre selbst, der Dorfnovellistik, möchten wir übrigens keine bedeutende Stellung in der Literatur anweisen, und was die Priorität der Hervorbringung betrifft, so überschätzen wir ebenfalls nicht dieses Verdienst. Die Hauptsache ist und bleibt, daß die Arbeit, die uns vorliegt, in ihrer Art gut und gelungen ist, und in dieser Beziehung zollen wir ihr das ehrlichste Lob und die freundlichste Anerkennung.

Herr Weill ist freilich keiner jener Dichter, die mit angeborener Begabnis für plastische Gestaltung ihre stillsinnig harmonischen Kunstgebilde schaffen, aber er besitzt dagegen in übersprudelnder Fülle eine seltene Ursprünglichkeit des Fühlens und Denkens, ein leicht erregbares, enthusiastisches Gemüt und eine Lebhaftigkeit des Geistes, die ihm im Erzählen und Schildern ganz wunderbar zu Statten kommt, und seinen literarischen Erzeugnissen den Charakter eines Naturprodukts verleiht. Er ergreift das Leben in jeder momentanen Äußerung, er ertappt es auf der Tat, und er selbst ist so zu sagen ein passioniertes Daguerrotyp, das die Erscheinungswelt mehr oder minder glücklich und manchmal, nach den Launen des Zufalls, poetisch abspiegelt. Dieses merkwürdige Talent, oder besser gesagt dieses Naturell, bekundet sich auch in den übrigen Schriften des Herrn Weill, namentlich in seinem jüngsten Geschichtsbuche über den Bauernkrieg und in seinen sehr interessanten, sehr pikanten und sehr tumultuarischen Aufsätzen, wo er für die große Sache unserer Gegenwart aufs löblich tollste Partei ergreift. Hier zeigt sich unser Autor mit allen seinen sozialen Tugenden und ästhetischen Gebrechen; hier sehen wir ihn in seiner vollen agitatorischen Pracht und Lückenhaftigkeit. Hier ist er ganz der zerrissene, europamüde Sohn der Bewegung, der die Unbehagnisse und Ekeltümer unserer heutigen Weltordnung nicht mehr zu ertragen weiß, und hinausgaloppiert in die Zukunft, auf dem Rücken einer Idee …

Ja, solche Menschen sind nicht allein die Träger einer Idee, sondern sie werden selbst davon getragen, und zwar als gezwungene Reiter ohne Sattel und Zügel: sie sind gleichsam mit ihrem nackten Leibe festgebunden an die Idee, wie Mazeppa an seinem wilden Rosse auf den bekannten Bildern des Horaz Vernet – sie werden davon fortgeschleift, durch alle fürchterliche Konsequenzen, durch alle Steppen und Einöden, über Stock und Stein – das Dornengestrüppe zerfleischt ihre Glieder – die Waldesbestien schnappen nach ihnen im Vorüberjagen – ihre Wunden bluten – Wo werden sie zuletzt anlangen? Unter donischen Kosaken, wie auf dem Vernetschen Bilde? Oder an dem Goldgitter der glückseligen Gärten, wo da wandeln jene Götter ...

Wer sind jene Götter?

Ich weiß nicht, wie sie heißen, jedoch die großen Dichter und Weisen aller Jahrhunderte haben sie längst verkündigt. Sie sind jetzt noch geheimnisvoll verhüllt; aber in ahnenden Träumen wage ich es zuweilen, ihren Schleier zu lüften, und alsdann erblicke ich ... Ich kann es nicht aussprechen, denn bei diesem Anblick durchzuckt mich immer ein stolzer Schreck und er lähmt meine Zunge. Ach! ich bin ja noch ein Kind der Vergangenheit, ich bin noch nicht geheilt von jener knechtischen Demut, jener knirschenden Selbstverachtung, woran das Menschengeschlecht seit anderthalb Jahrtausenden siechte, und die wir mit der abergläubischen Muttermilch eingesogen ... Ich darf nicht aussagen, was ich geschaut ... Aber unsere gesünderen Nachkommen werden in freudigster Ruhe ihre Göttlichkeit betrachten, bekennen und behaupten. Sie werden die Krankheit ihrer Väter kaum begreifen können. Es wird ihnen wie ein Märchen klingen, wenn sie hören, daß weiland die Menschen sich alle Genüsse dieser Erde versagten, ihren Leib kasteiten und ihren Geist verdumpften, Mädchenblüten und Jünglingsstolz abschlachteten, beständig logen und greinten, das abgeschmackteste Elend duldeten ... ich brauche wohl nicht zu sagen *wem* zu Gefallen!

In der Tat, unsere Enkel werden ein Ammenmärchen zu vernehmen meinen, wenn man ihnen erzählt, was wir geglaubt und gelitten! Und sie werden uns sehr bemitleiden! Wenn sie einst, eine freudige Götterversammlung, in ihren Tempelpalästen sitzen, um den Altar, den sie sich selber geweiht haben, und sich von alten Menschheitsgeschichten unterhalten, die schönen Enkel, dann erzählt vielleicht einer der Greise, daß es ein Zeitalter gab, in welchem ein

Toter als Gott angebetet und durch ein schauerliches Leichenmahl gefeiert ward, wo man sich einbildete, das Brot, welches man esse, sei sein Fleisch, und der Wein, den man trinke, sei sein Blut. Bei dieser Erzählung werden die Wangen der Frauen erbleichen und die Blumenkränze sichtbar erbeben auf ihren schönlockichten Häuptern. Die Männer aber werden neuen Weihrauch auf den Herd-Altar streuen, um durch Wohlduft die düsteren, unheimlichen Erinnerungen zu verscheuchen.

Geschrieben zu Paris am Charfreitage 1847

Heinrich Heine

In den vierziger Jahren des 19. Jahrhunderts entdeckt die Literatur das arbeitende und darbende Volk und seine jüngste Erscheinungsform: das Industrieproletariat. Sie entdeckt die »soziale Frage«, die unsere heutigen Politiker mit Hilfe von »Sozialplänen«, will sagen: von in homöopathischen Dosen verabreichter Massenarbeitslosigkeit, aufs neue zu lösen suchen. Heine ist gerade als Beobachter der sozialen Bewegung bahnbrechend, in seiner Prosa ebenso wie in seiner Lyrik, und dies vor allem deshalb, weil er sich nicht mit Tendenz- und Mitleidstexten begnügt, sondern auf Genauigkeit der Beschreibung wie der Analyse bedacht ist. Von Texten wie dem folgenden könnte man beinahe, wie Benjamin von den Gedichten Baudelaires, sagen, die ungewöhnliche Schwierigkeit sich ihnen zu nähern, liege darin, daß an ihnen noch nichts veraltet sei.

Paris, den 30. April 1840.

»Erzähle mir, was du heute gesäet hast, und ich will dir voraussagen, was du morgen ernten wirst!« An dieses Sprichwort des kernichten Sancho dachte ich dieser Tage, als ich im Faubourg Saint-Marceau einige Ateliers besuchte und dort entdeckte, welche Lektüre unter den Ouvriers, dem kräftigsten Teile der untern Klasse, verbreitet wird. Dort fand ich nämlich mehrere neue Ausgaben von den Reden des alten Robespierre, auch von Marats Pamphleten, in Lieferungen zu zwei Sous, die Revolutionsgeschichte des Cabet, Cormenins giftige Libelle, Babœufs Lehre und Verschwörung von Buonarotti, Schriften, die wie nach Blut rochen; – und Lieder hörte ich singen, die in der Hölle gedichtet zu sein schienen, und deren Refrains von der wildesten Aufregung zeugten. Nein, von den dämonischen Tönen, die in jenen Liedern walten, kann man sich in unsrer zarten Sphäre gar keinen Begriff machen; man muß dergleichen mit eigenen Ohren angehört haben, z.B. in jenen ungeheuern Werkstätten, wo Metalle verarbeitet werden, und die halbnackten trotzigen Gestalten während des Singens mit dem großen eisernen Hammer den Takt schlagen auf dem dröhnenden Amboß. Solches Akkompagnement ist vom größten Effekt, sowie auch die Beleuchtung, wenn die zornigen Funken aus der Esse hervorsprühen, Nichts als Leidenschaft und Flamme!

Eine Frucht dieser Saat, droht aus Frankreichs Boden früh oder spät die Republik hervorzubrechen. Wir müssen, in der Tat, solcher Befürchtung Raum geben; aber wir sind zugleich überzeugt, daß jenes republikanische Regiment nimmermehr von langer Dauer sein kann in der Heimat der Koketterie und der Eitelkeit. Und gesetzt auch, der Nationalcharakter der Franzosen wäre mit dem Republikanismus ganz vereinbar, so könnte doch die Republik, wie unsere Radikalen sie träumen, sich nicht lange halten. In dem Lebensprinzip einer solchen Republik liegt schon der Keim ihres frühen Todes; in ihrer Blüte muß sie sterben. Gleichviel von welcher Verfassung ein Staat sei, er erhält sich nicht bloß und allein durch den Gemeinsinn und den Patriotismus der Volksmasse, wie man gewöhnlich glaubt, sondern er erhält sich durch die Geistesmacht der großen

Individualitäten, die ihn lenken. Nun aber wissen wir, daß in einer Republik der angedeuteten Art ein eifersüchtiger Gleichheitssinn herrscht, der alle ausgezeichneten Individualitäten immer zurückstößt, ja unmöglich macht, und daß also in Zeiten der Not nur Gevatter Gerber und Wursthändler sich an die Spitze des Gemeinwesens stellen werden. Durch dieses Grundübel ihrer Natur müssen jene Republiken notwendigerweise zugrunde gehen, sobald sie mit energischen und von großen Individualitäten vertretenen Oligarchien und Autokratien in einen entscheidenden Kampf geraten. Daß dieses aber stattfinden muß, sobald in Frankreich die Republik proklamiert würde, unterliegt keinem Zweifel. ⟨...⟩

Die große Menge, der hohe und niedere Plebs, der edle Bürgerstand, der bürgerliche Adel, sämtliche Honoratioren der lieben Mittelmäßigkeit, begreifen ganz gut den Republikanismus – eine Lehre, wozu nicht viel Vorkenntnisse gehören, die zugleich allen ihren Kleingefühlen und Verflachungsgedanken zusagt, und die sie auch öffentlich bekennen würden, gerieten sie nicht dadurch in einen Konflikt – mit dem Gelde. Jeder Taler ist ein tapferer Bekämpfer des Republikanismus, und jeder Dukaten ein Achilles. Ein Republikaner haßt daher das Geld mit großem Recht, und wird er dieses Feindes habhaft, ach! so ist der Sieg noch schlimmer als eine Niederlage: der Republikaner, der sich des Geldes bemächtigte, hat aufgehört, ein Republikaner zu sein!

Wie die Sympathie, die der Republikanismus erregt, dennoch durch die Geldinteressen beständig niedergehalten wird, bemerkte ich dieser Tage im Gespräche mit einem sehr aufgeklärten Bankier, der im größten Eifer zu mir sagte: »Wer bestreitet denn die Vorzüge der republikanischen Verfassung? Ich selber bin manchmal ganz Republikaner. Sehen Sie, stecke ich die Hand in die rechte Hosentasche, worin mein Geld ist, so macht die Berührung mit dem kalten Metall mich zittern, ich fürchte für mein Eigentum, und ich fühle mich monarchisch gesinnt; stecke ich hingegen die Hand in die linke Hosentasche, welche leer ist, dann schwindet gleich alle Furcht, und ich pfeife lustig die Marseillaise und ich stimme für die Republik!« –

Dieser Artikel liefert ein besonders schönes Beispiel von Heines Methode, seine sozialpolitischen Analysen und Prognosen auf Anschauung zu gründen. Als Flaneur und nicht als voreingenommener Mann der Parteien studiert Heine das Straßenleben, »die Miene des Volks auf den Gassen«, das vom Konsumtreiben der vornehmen Welt ausgeschlossene Publikum und gelangt nach solchem Studium zu der Überzeugung, daß »die ganze Bürgerkomödie in Frankreich« früher oder später ein »ausgezischt schreckliches Ende nimmt« und daß kein noch so kluger Staatsmann den Umschlag der Komödie in eine »echte Tragödie« vermeiden kann. Kühn und noch heute irritierend ist diese Voraussage vor allem deshalb, weil Heine sich darauf versteift, das »Kommunistenregiment« als eine unausweichliche Alternative zu dem des Bürgertums auszugeben, selbst wenn er auch den Kommunisten weissagt, daß ihrer Herrschaft keine Dauer beschieden sein könne. Diese Prophezeiung wird im Verlauf der Paris-Berichte der Lutetia *zum Leitmotiv.*

Paris, 11. Dezember 1841.

Jetzt, wo das Neujahr herannaht, der Tag der Geschenke, überbieten sich hier die Kaufmannsläden in den mannigfaltigsten Ausstellungen. Der Anblick derselben kann dem müßigen Flaneuer den angenehmsten Zeitvertreib gewähren; ist sein Hirn nicht ganz leer, so steigen ihm auch manchmal Gedanken auf, wenn er hinter den blanken Spiegelfenstern die bunte Fülle der ausgestellten Luxus-

und Kunstsachen betrachtet und vielleicht auch einen Blick wirft auf das Publikum, das dort neben ihm steht. Die Gesichter dieses Publikums sind so häßlich ernsthaft und leidend, so ungeduldig und drohend, daß sie einen unheimlichen Kontrast bilden mit den Gegenständen, die sie begaffen, und uns die Angst anwandelt, diese Menschen möchten einmal mit ihren geballten Fäusten plötzlich dreinschlagen, und all das bunte, klirrende Spielzeug der vornehmen Welt mitsamt dieser vornehmen Welt selbst gar jämmerlich zertrümmern! Wer kein großer Politiker ist, sondern ein gewöhnlicher Flaneur, der sich wenig kümmert um die Nuance Dufaure und Passy, sondern um die Miene des Volks auf den Gassen, dem wird es zur festen Überzeugung, daß früh oder spät die ganze Bürgerkomödie in Frankreich mitsamt ihren parlamentarischen Heldenspielern und Komparsen ein ausgezischt schreckliches Ende nimmt und ein Nachspiel aufgeführt wird, welches das Kommunistenregiment heißt! Von langer Dauer freilich kann dieses Nachspiel nicht sein; aber es wird um so gewaltiger die Gemüter erschüttern und reinigen: es wird eine echte Tragödie sein.

Die letzten politischen Prozesse dürften manchem die Augen öffnen, aber die Blindheit ist gar zu angenehm. Auch will keiner an die Gefahren erinnert werden, die ihm die süße Gegenwart verleiden können. Deshalb grollen sie alle jenem Manne, dessen strenges Auge am tiefsten hinabblickt in die Schreckensnächte der Zukunft und dessen hartes Wort vielleicht manchmal zur Unzeit, wenn wir eben beim fröhlichsten Mahle sitzen, an die allgemeine Bedrohnis erinnert. Sie grollen alle jenem armen Schulmeister Guizot. Sogar die sogenannten Konservativen sind ihm abhold, zum größten Teil, und in ihrer Verblendung glauben sie ihn durch einen Mann ersetzen zu können, dessen heiteres Gesicht und gefällige Rede sie minder schreckt und ängstigt. Ihr konservativen Toren, die Ihr nichts imstande seid zu konservieren als eben Eure Torheit, Ihr solltet diesen Guizot wie Euren Augapfel schonen; Ihr solltet ihm die Mücken abwedeln, die radikalen sowohl wie die legitimen, um ihn bei guter Laune zu erhalten; Ihr solltet ihm auch manchmal Blumen schicken ins Hôtel des Capucins, aufheiternde Blumen, Rosen und Veilchen, statt ihm durch tägliches Nergeln dieses Logis zu verleiden oder gar ihn hinaus zu intrigieren. An Eurer Stelle hätte ich immer Angst, er möchte den glänzenden Quälnissen seines Ministerplatzes plötzlich entspringen und sich wieder hinaufretten in sein stilles Gelehrtenstübchen der Rue Leveque, wo er einst so idyllisch glücklich lebte unter seinen schafledernen und kalbledernen Büchern.

Ist aber Guizot wirklich der Mann, der imstande wäre, das hereinbrechende Verderben abzuwenden? Es vereinigen sich in der Tat bei ihm die sonst getrennten Eigenschaften der tiefsten Einsicht und des festen Willens: er würde mit einer antiken Unerschütterlichkeit allen Stürmen Trotz bieten und mit modernster Klugheit die schlimmen Klippen vermeiden – aber der stille Zahn der Mäuse hat den Boden des französischen Staatsschiffes allzusehr durchlöchert, und gegen diese innere Not, die weit bedenklicher als die äußere, wie Guizot sehr gut begriffen, ist er unmächtig. Hier ist die Gefahr. Die zerstörenden Doktrinen haben in Frankreich zu sehr die unteren Klassen ergriffen – es handelt sich nicht mehr um Gleichheit der Rechte, sondern um Gleichheit des Genusses auf dieser Erde, und es gibt in Paris etwa 400 000 rohe Fäuste, welche nur des Losungsworts harren, um die Idee der absoluten Gleichheit zu verwirklichen, die in ihren rohen Köpfen brütet. Von mehreren Seiten hört man, der Krieg sei ein gutes Ableitungsmittel gegen solchen Zerstörungsstoff. Aber hieße das nicht Satan durch Beelzebub beschwören? Der Krieg würde nur die Katastrophe beschleunigen und über den ganzen Erdboden das Übel verbreiten, das jetzt nur an Frankreich nagt; – die Propaganda des Kommunismus besitzt eine Sprache, die jedes Volk versteht: die Elemente dieser Universalsprache sind so einfach, wie der Hunger, wie der Neid, wie der Tod. Das lernt sich so leicht!

Im Juli 1842 haben Wahlen stattgefunden. Nach dem Zensuswahlrecht konnte die radikale Linke in Frankreich gar nicht für die Deputiertenkammer kandidieren. Es gab Zugewinne der Legitimisten und, in Paris, der bürgerlichen Republikaner. Dennoch sieht Heine sich in seinen Prognosen bestätigt und treibt sie auf die Spitze. Er kreiert, wenn man Briegleb glauben darf, in diesem Artikel den Begriff »Weltrevolution« und sagt deren Heraufkunft voraus, so wie Goethe gegen Ende seines Lebens die »Weltliteratur« vorausgesehen hatte. Stellenweise klingt dieser Artikel wie die Andeutung einer grotesken sozialen Apokalypse. Der diese ins Auge fassende virtuelle Prophet Heine schlägt bewußt den schnodderigen Ton des Journalisten an, der Karl Kraus so sehr in Harnisch brachte, vermutlich auch, um den Ernst seiner Prognosen ins Erträgliche und Genießbare herabzustimmen.

Paris, 12. Juli 1842.

Das Resultat der Wahlen werden Sie aus den Zeitungen ersehen. Hier in Paris braucht man nicht erst die Blätter darüber zu konsultieren, es ist auf allen Gesichtern zu lesen. Gestern sah es hier sehr schwül aus und die Gemüter verrieten eine Aufregung, wie ich sie nur in großen Krisen bemerkt habe. Die alten wohlbekannten Sturmvögel rauschten wieder unsichtbar durch die Luft und die schläfrigsten Köpfe wurden plötzlich aufgeweckt aus der zweijährigen Ruhe. Ich gestehe, daß ich selbst, angeweht von dem furchtbaren Flügelschlag, ein gewaltiges Herzbeben empfand. Ich fürchte mich immer im ersten Anfang, wenn ich die Dämonen der Umwälzung entzügelt sehe; späterhin bin ich sehr gefaßt und die tollsten Erscheinungen können mich weder beunruhigen noch überraschen, eben weil ich sie vorausgesehen. Was wäre das Ende dieser Bewegung, wozu Paris wieder wie immer das Signal gegeben? Es wäre der Krieg, der gräßlichste Zerstörungskrieg, der leider die beiden edelsten Völker der Zivilisation in die Arena riefe zu beider Verderben; ich meine Deutschland und Frankreich. England, die große Wasserschlange, die immer in ihr ungeheures Wassernest zurückkriechen kann, und Rußland, das in seinen ungeheuren Föhren, Steppen und Eisgefilden ebenfalls die sichersten Verstecke hat, diese beiden können in einem gewöhnlichen politischen Kriege, selbst durch die entschiedensten Niederlagen, nicht ganz zugrunde gerichtet werden: – aber Deutschland ist in solchen Fällen weit schlimmer bedroht, und gar Frankreich könnte in der kläglichsten Weise seine politische Existenz einbüßen. Doch das wäre nur der erste Akt des großen Spektakelstücks, gleichsam das Vorspiel. Der zweite Akt ist die europäische, die Weltrevolution, der große Zweikampf der Besitzlosen mit der Aristokratie des Besitzes, und da wird weder von Nationalität noch von Religion die Rede sein: nur Ein Vaterland wird es geben, nämlich die Erde, und nur Einen Glauben, nämlich das Glück auf Erden. Werden die religiösen Doktrinen der Vergangenheit in allen Landen sich zu einem verzweiflungsvollen Widerstand erheben, und wird etwa dieser Versuch den dritten Akt bilden? Wird gar die alte absolute Tradition nochmals auf die Bühne treten, aber in einem neuen Kostüm und mit neuen Stich- und Schlagwörtern? Wie würde dieses Schauspiel schließen? Ich weiß nicht, aber ich denke, daß man der großen Wasserschlange am Ende das Haupt zertreten und dem Bären des Nordens das Fell über die Ohren ziehen wird. Es wird vielleicht alsdann nur Einen Hirten und Eine Herde geben, ein freier Hirt mit einem eisernen Hirtenstabe und eine gleichgeschorene, gleichblökende Menschenherde! Wilde, düstere Zeiten dröhnen heran, und der Prophet, der eine neue Apokalypse schreiben wollte, müßte ganz neue Bestien erfinden, und zwar so erschreckliche, daß die älteren Johanneischen Tiersymbole dagegen nur sanfte Täubchen und Amoretten wären. Die Götter verhüllen ihr Antlitz aus Mitleid mit den Menschenkindern, ihren langjährigen Pfleglingen, und vielleicht zugleich auch aus Besorgnis über das eigene Schicksal. Die Zukunft riecht nach Juchten, nach Blut, nach Gottlosigkeit und nach sehr vielen Prügeln. Ich rate unsern Enkeln, mit einer sehr dicken Rückenhaut zur Welt zu kommen.

Von Heinrich Heine zu Paul Virilio führt eine schienengerade Linie, was die Einschätzung der Umwälzungen anbelangt, die durch die Erfindung der Eisenbahn in unserer Erfahrungsweise von Raum und Zeit eintreten sollten bzw. eingetreten sind: es wurde »der Raum getötet« und blieb »uns nur noch die Zeit übrig«! Diese Pointe dürfte Heines originäre Erfindung sein, sie ist, wie der ganze Text, von außergewöhnlicher poetischer wie philosophischer Brisanz. Auch hier geht es ohne eine Reminiszenz an Goethe nicht ab; dessen Ausspruch bei der Kanonade in Valmy wird von der politischen auf einen Aspekt der industriellen Revolution angewandt. Welch ein Jammer, daß Heine im Jahre 1839, als die Erfindung der Daguerreotypie in Paris publik gemacht wurde, für die Allgemeine Zeitung *keine Artikel geschrieben hat! So fehlt uns als Gegenstück zur prophetischen Würdigung der Eisenbahn eine Äußerung Heines zur Photographie.*

Die Eröffnung der beiden neuen Eisenbahnen, wovon die eine nach Orleans, die andere nach Rouen führt, verursacht hier eine Erschütterung, die jeder mitempfindet, wenn er nicht etwa auf einem sozialen Isolierschemel steht. Die ganze Bevölkerung von Paris bildet in diesem Augenblick gleichsam eine Kette, wo einer dem andern den elektrischen Schlag mitteilt. Während aber die große Menge verdutzt und betäubt die äußere Erscheinung der großen Bewegungsmächte anstarrt, erfaßt den Denker ein unheimliches Grauen, wie wir es immer empfinden, wenn das Ungeheuerste, das Unerhörteste geschieht, dessen Folgen unabsehbar und unberechenbar sind. Wir merken bloß, daß unsre ganze Existenz in neue Gleise fortgerissen, fortgeschleudert wird, daß neue Verhältnisse, Freuden und Drangsale uns erwarten, und das Unbekannte übt seinen schauerlichen Reiz, verlockend und zugleich beängstigend. So muß unsern Vätern zumut gewesen sein, als Amerika entdeckt wurde, als die Erfindung des Pulvers sich durch ihre ersten Schüsse ankündigte, als die Buchdruckerei die ersten Aushängebogen des göttlichen Wortes in die Welt schickte. Die Eisenbahnen sind wieder ein solches providencielles Ereignis, das der Menschheit einen neuen Umschwung gibt, das die Farbe und Gestalt des Lebens verändert; es beginnt ein neuer Abschnitt in der Weltgeschichte, und unsre Generation darf sich rühmen, daß sie dabei gewesen. Welche Veränderungen müssen jetzt eintreten in unsrer Anschauungsweise und in unsern Vorstellungen! Sogar die Elementarbegriffe von Zeit und Raum sind schwankend geworden. Durch die Eisenbahnen wird der Raum getötet, und es bleibt uns nur noch die Zeit übrig. Hätten wir nur Geld genug, um auch letztere anständig zu töten! In vierthalb Stunden reist man jetzt nach Orleans, in ebensoviel Stunden nach Rouen. Was wird das erst geben, wenn die Linien nach Belgien und Deutschland ausgeführt und mit den dortigen Bahnen verbunden sein werden! Mir ist als kämen die Berge und Wälder aller Länder auf Paris angerückt. Ich rieche schon den Duft der deutschen Linden; vor meiner Türe brandet die Nordsee.

Die Betrachtung über die Eisenbahn führt Heine zu den Herren der Aktiengesellschaften, den Sponsoren des Höhenflugs der Technik, die mitunter auch zu modernen Ikarussen werden. Heine fordert hier, im logischen Anschluß an einen Ausspruch Christi, »des göttlichen Kommunisten«, Maßnahmen, um das Elend der Reichen zu lindern, das schwerer zu ertragen sei als Armut, weil es transzendentalen Wesens sei: hienieden schon bedauernswert genug, sollen sie überdies auch noch des Himmelreichs nicht teilhaftig werden! Heine demonstriert hier den Tendenzpoeten eine originelle Form sozialer Sentimentalität: das Mitleid mit den Reichen. Gegen diese so undemagogische Gefühlsäußerung fand die Zensur offenbar nichts einzuwenden, denn der Artikel ging durch. Daß das Porträt Rothschilds mit dem Antisemitismus spielt, ohne selbst antisemitisch zu werden, geht aus den folgenden Absätzen hervor, auf die hiermit verwiesen sei (V, 454ff.).

In diesem Augenblick ist der Stern Rothschild im Zenit seines Glanzes. Ich weiß nicht, ob ich mir nicht einen Mangel an Devotion zuschulden kommen lasse, indem ich Hrn. v. Rothschild nur einen Stern nannte. Doch er wird mir nicht darob grollen, wie jener andre, Ludwig XIV., der einst über einen armen Dichter in Zorn geriet, weil er die Impertinenz hatte, ihn mit einem Stern zu vergleichen, ihn, der gewohnt war, die Sonne genannt zu werden, und auch diesen Himmelskörper als sein offizielles Sinnbild angenommen.

Ich will heute, um ganz sicher zu gehen, Hrn. v. Rothschild dennoch mit der Sonne vergleichen, erstens kostet es mir nichts und dann wahrhaftig ich kann es mit gutem Fug in diesem Augenblick, wo jeder ihm huldigt um von seinen goldnen Strahlen gewärmt zu werden. – Unter uns gesagt, diese furor der Verehrung ist für die arme Sonne keine geringe Plage, und sie hat keine Ruhe vor ihren Anbetern, worunter manche gehören, die wahrlich nicht wert sind, von der Sonne beschienen zu werden; diese Pharisäer psalmodieren am lautesten ihr Lob und Preis, und der arme Baron wird von ihnen so sehr moralisch torquiert und abgehetzt, daß man ein Mitleid mit ihm haben möchte. Ich glaube überhaupt, das Geld ist für ihn mehr ein Unglück als ein Glück; hätte er ein hartes Naturell, so würde er weniger Ungemach ausstehen, aber ein gutmütiger, sanfter Mensch, wie er ist, muß er viel leiden von dem Andrang des vielen Elends, das er lindern soll, von den Ansprüchen, die man beständig an ihn macht, und von dem Undank, der jeder seiner Wohltaten auf dem Fuße folgt. Überreichtum ist vielleicht schwerer zu ertragen als Armut. Jedem, der sich in großer Geldnot befindet, rate ich, zu Herrn v. Rothschild zu gehen; nicht um bei ihm zu borgen (denn ich zweifle, daß er etwas Erkleckliches bekömmt), sondern um sich durch den Anblick jenes Geldelends zu trösten. Der arme Teufel, der zuwenig hat, und sich nicht zu helfen weiß, wird sich hier überzeugen, daß es einen Menschen gibt, der noch weit mehr gequält ist, weil er zuviel Geld hat, weil alles Geld der Welt in seine kosmopolitische Riesentasche geflossen, und weil er eine solche Last mit sich herumschleppen muß, während rings um ihn her der große Haufen von Hungrigen und Dieben die Hände nach ihm ausstreckt. Und welche schreckliche und gefährliche Hände! – »Wie geht es Ihnen?« frug einst ein deutscher Dichter den Herrn Baron. »Ich bin verrückt,« erwiderte dieser. »Ehe Sie nicht Geld zum Fenster hinauswerfen«, sagte der Dichter, »glaube ich es nicht.« Der Baron fiel ihm aber seufzend in die Rede: »Das ist eben meine Verrücktheit, daß ich nicht manchmal das Geld zum Fenster hinauswerfe.«

Wie unglücklich sind doch die Reichen in diesem Leben – und nach dem Tode kommen sie nicht einmal in den Himmel! »Ein Kamel wird eher durch ein Nadelöhr gehen, als daß ein Reicher ins Himmelreich käme« – dieses Wort des göttlichen Kommunisten ist ein furchtbares Anathema und zeugt von seinem bittern Haß gegen die Börse und haute finance von Jerusalem. Es wimmelt in der Welt von Philanthropen, es gibt Tierquälergesellschaften, und man tut wirklich sehr viel für die Armen. Aber für die Reichen, die noch viel unglücklicher sind, geschieht gar nichts. Statt Preisfragen über Seidenkultur, Stallfütterung und Kantsche Philosophie aufzugeben, sollten unsre gelehrten Sozietäten einen bedeutenden Preis aussetzen zur Lösung der Frage: wie man ein Kamel durch ein Nadelöhr fädeln könne? Ehe diese große Kamelfrage gelöst ist und die Reichen eine Aussicht gewinnen, ins Himmelreich zu kommen, wird auch für die Armen kein durchgreifendes Heil begründet. Die Reichen würden weniger hartherzig sein, wenn sie nicht bloß auf Erdenglück angewiesen wären und nicht die Armen beneiden müßten, die einst dort oben in Floribus sich des ewigen Lebens gaudieren. Sie sagen: »Warum sollen wir hier auf Erden für das Lumpengesindel etwas tun, da es ihm doch einst besser geht als uns, und wir jedenfalls nach dem Tode nicht mit demselben zusammentreffen.« Wüßten die Reichen, daß sie dort oben wieder in aller Ewigkeit mit uns gemeinsam hausen müssen, so würden sie sich gewiß hier auf Erden etwas genieren und sich hüten, uns gar zu sehr zu mißhandeln. Laßt uns daher vor allem die große Kamelfrage lösen.

Heine oder die Kunst, das unversöhnliche Publikum, das Publikum, das ohnehin nicht zu retten ist, hinters Licht zu führen. Er wolle auch ohne Tortur alles bekennen, hatte er im Nachwort zum Romanzero *versichert: »Ja, ich bin zurückgekehrt zu Gott, wie der verlorene Sohn, nachdem ich lange Zeit bei den Hegelianern die Schweine gehütet ⟨...⟩ Das himmlische Heimweh überfiel mich« etc. In einem andern Nachwort, aus dem er in den* Geständnissen *Passagen übernimmt, hatte er gar den deutschen Linkshegelianern, Ruge, Feuerbach, Bruno Bauer und auch »meinem noch viel verstocktern Freunde Marx« die Bibel »zur erbaulichen Beherzigung« empfohlen. Nun ist aber sein Verständnis der Bibel ein alles andere als katholisches, ja nicht einmal ein besonders christliches, denn das neue Testament begreift es nicht mit ein. Die Bibel gilt ihm als Manifest »der Freiheitsliebe Israels«, und Moses nennt er einen Sozialisten, auf die Gefahr hin, »die Bibel zu kompromittieren bei den jetzigen Gewalthabern«.*

Ja, den Juden, denen die Welt ihren Gott verdankt, verdankt sie auch dessen Wort, die Bibel; sie haben sie gerettet aus dem Bankerott des römischen Reichs, und in der tollen Raufzeit der Völkerwanderung bewahrten sie das teure Buch, bis es der Protestantismus bei ihnen aufsuchte und das gefundene Buch in die Landessprachen übersetzte und in alle Welt verbreitete. Diese Verbreitung hat die segensreichsten Früchte hervorgebracht, und dauert noch bis auf heutigen Tag, wo die Propaganda der Bibelgesellschaft eine providentielle Sendung erfüllt, die bedeutsamer ist und jedenfalls ganz andere Folgen haben wird, als die frommen Gentlemen dieser britischen Christentums-Speditions-Sozietät selber ahnen. Sie glauben eine kleine enge Dogmatik zur Herrschaft zu bringen und wie das Meer, auch den Himmel zu monopolisieren, denselben zur britischen Kirchendomäne zu machen: und siehe! sie fördern, ohne es zu wissen, den Untergang aller protestantischen Sekten, die alle in der Bibel ihr Leben haben und in einem allgemeinen Bibeltume aufgehen. Sie fördern die große Demokratie, wo jeder Mensch nicht bloß König, sondern auch Bischof in seiner Hausburg sein soll; indem sie die Bibel über die ganze Erde verbreiten, sie sozusagen der ganzen Menschheit durch merkantilische Kniffe, Schmuggel und Tausch, in die Hände spielen und der Exegese, der individuellen Vernunft überliefern, stiften sie das große Reich des Geistes, das Reich des religiösen Gefühls, der Nächstenliebe, der Reinheit und der wahren Sittlichkeit, die nicht durch dogmatische Begriffsformeln gelehrt werden kann, sondern durch Bild und Beispiel, wie dergleichen enthalten ist in dem schönen heiligen Erziehungsbuche für kleine und große Kinder, in der Bibel.

Es ist für den beschaulichen Denker ein wunderbares Schauspiel, wenn er die Länder betrachtet, wo die Bibel schon seit der Reformation ihren bildenden Einfluß ausgeübt auf die Bewohner, und ihnen in Sitte, Denkungsart und Gemütlichkeit jenen Stempel des palästinischen Lebens aufgeprägt hat, das in dem alten wie in dem neuen Testamente sich bekundet. Im Norden von Europa und Amerika, namentlich in den skandinavischen und angelsächsischen, überhaupt in germanischen und einigermaßen auch in keltischen Landen, hat sich das Palästinatum so geltend gemacht, daß man sich dort unter Juden versetzt zu sehen glaubt. Z. B. die protestantischen Schotten, sind sie nicht Hebräer, deren Namen überall biblisch, deren Cant sogar etwas jerusalemitisch-pharisäisch klingt, und deren Religion nur ein Judentum ist, welches Schweinefleisch frißt? So ist es auch mit manchen Provinzen Norddeutschlands und mit Dänemark; ich will gar nicht reden von den meisten neuen Gemeinden der vereinigten Staaten, wo man das alttestamentarische Leben pedantisch nachäfft. Letzteres erscheint hier wie daguerreotypiert, die Konturen sind ängstlich richtig, doch alles ist grau in grau, und es fehlt der sonnige Farbenschmelz des gelobten Landes. Aber die Karikatur wird einst schwinden, das Echte, Unvergängliche und Wahre, nämlich die Sittlichkeit des alten Judentums, wird in jenen Ländern ebenso gotterfreulich blühen, wie einst am Jordan und auf den Höhen des Libanons. Man hat keine Palme und Kamele nötig, um gut zu sein, und Gutsein ist besser denn Schönheit.

Vielleicht liegt es nicht bloß in der Bildungsfähigkeit der erwähnten Völker, daß sie das jüdische Leben in Sitte und Denkweise so leicht in sich aufgenommen. Der Grund dieses Phänomens ist vielleicht auch in dem Charakter des jüdischen Volks zu suchen, das immer sehr große Wahlverwandtschaft mit dem Charakter der germanischen und einigermaßen auch der keltischen Race hatte. Judäa erschien mir immer wie ein Stück Okzident, das sich mitten in den Orient verloren. In der Tat, mit seinem spiritualistischen Glauben, seinen strengen, keuschen, sogar ascetischen Sitten, kurz mit seiner abstrakten Innerlichkeit, bildete dieses Land und sein Volk immer den sonderbarsten Gegensatz zu den Nachbar-Ländern und Nachbar-Völkern, die den üppig buntesten und brünstigsten Naturkulten huldigend, im bacchantischen Sinnenjubel ihr Dasein verluderten. Israel saß fromm unter seinem Feigenbaum und sang das Lob des unsichtbaren Gottes und übte Tugend und Gerechtigkeit, während in den Tempeln von Babel, Ninive, Sidon und Tyrus jene blutigen und unzüchtigen Orgien gefeiert wurden, ob deren Beschreibung uns noch jetzt das Haar sich sträubt! Bedenkt man diese Umgebung, so kann man die frühe Größe Israels nicht genug bewundern. Von der Freiheitsliebe Israels, während nicht bloß in seiner Umgebung, sondern bei allen Völkern des Altertums, sogar bei den philosophischen Griechen, die Sklaverei justifiziert war und in Blüte stand, will ich gar nicht reden, um die Bibel nicht zu kompromittieren bei den jetzigen Gewalthabern. Es gibt wahrhaftig keinen Sozialisten, der terroristischer wäre als unser Herr und Heiland, und bereits Moses war ein solcher Sozialist, obgleich er, als ein praktischer Mann, bestehende Gebräuche, namentlich in bezug auf das Eigentum, nur umzumodeln suchte. Ja, statt mit dem Unmöglichen zu ringen, statt die Abschaffung des Eigentums tollköpfig zu dekretieren, erstrebte Moses nur die Moralisation desselben, er suchte das Eigentum in Einklang zu bringen mit der Sittlichkeit, mit dem wahren Vernunftrecht, und solches bewirkte er durch die Einführung des Jubeljahrs, wo jedes alienierte Erbgut, welches bei einem ackerbauenden Volke immer Grundbesitz war, an den ursprünglichen Eigentümer zurückfiel, gleichviel in welcher Weise dasselbe veräußert worden. Diese Institution bildet den entschiedensten Gegensatz zu der »Verjährung« bei den Römern, wo nach Ablauf einer gewissen Zeit der faktische Besitzer eines Gutes von dem legitimen Eigentümer nicht mehr zur Rückgabe gezwungen werden kann, wenn letzterer nicht zu beweisen vermag, während jener Zeit eine solche Restitution in gehöriger Form begehrt zu haben. Diese letzte Bedingnis ließ der Chicane offnes Feld, zumal in einem Staate, wo Despotismus und Jurisprudenz blühte und dem ungerechten Besitzer alle Mittel der Abschreckung, besonders dem Armen gegenüber, der die Streitkosten nicht erschwingen kann, zu Gebote stehn. Der Römer war zugleich Soldat und Advokat, und das Fremdgut, das er mit dem Schwerte erbeutet, wußte er durch Zungendrescherei zu verteidigen. Nur ein Volk von Räubern und Kasuisten konnte die Proskription, die Verjährung, erfinden und dieselbe konsakrieren in jenem abscheulichsten Buche, welches die Bibel des Teufels genannt werden kann, im Codex des römischen Zivilrechts, der leider noch jetzt herrschend ist.

Der dankbare Jesuitenzögling Heine treibt seinen dialektischen Mutwillen bis zu einer jesuitischen Apologie des Jesuitentums, ja zu einer Konjekturalautobiographie, in der die Erfüllung der Laufbahnträume heiter ausgemalt wird, welche seine Mutter für ihn geträumt habe.

Aber, wie du wohl weißt, geneigter Leser, ich bin kein Papst geworden, auch kein Kardinal, nicht mal ein römischer Nuntius, und wie in der weltlichen, so auch in der geistlichen Hierarchie habe ich weder Amt noch Würden errungen. Ich habe es, wie die Leute sagen, auf dieser schönen Erde zu nichts gebracht. Es ist nichts aus mir geworden, nichts als ein Dichter.

Auf den letzten Seiten der Geständnisse *wird der imaginäre Kontrast von Papst und Dichter überführt in die tatsächlich erduldete paradoxe Situation des letzten Heine: zu Lebzeiten scheint er in den Genuß der Unsterblichkeit zu gelangen, doch sind diese Lebzeiten Zeiten quälender Agonie, deren Leid er mit witziger und doch auch mit poetischer Melancholie beschreibt. Die verfremdende Deutung des eigenen Siechtums als einer Folge der Revanche des ersten Autors an einem modernen Literaturrivalen, deren gemeinsamer Nenner der Schöpfer der griechischen Komödie sein soll, Aristophanes, ist ein kostbares letztes Zeugnis der literarischen wie der ethischen Souveränität Heines!*

Was nützt es mir, daß bei Festmahlen aus goldnen Pokalen und mit den besten Weinen meine Gesundheit getrunken wird, wenn ich selbst unterdessen, abgesondert von aller Weltlust, nur mit einer schalen Tisane meine Lippen netzen darf! Was nützt es mir, daß begeisterte Jünglinge und

Jungfrauen meine marmorne Büste mit Lorbeeren umkränzen, wenn derweilen meinem wirklichen Kopfe von den welken Händen einer alten Wärterin eine spanische Fliege hinter die Ohren gedrückt wird! Was nützt es mir, daß alle Rosen von Schiras so zärtlich für mich glühen und duften – ach, Schiras ist zweitausend Meilen entfernt von der Rue d'Amsterdam, wo ich in der verdrießlichen Einsamkeit meiner Krankenstube nichts zu riechen bekomme, als etwa die Parfüms von gewärmten Servietten. Ach! Der Spott Gottes lastet schwer auf mir. Der große Autor des Weltalls, der Aristophanes des Himmels, wollte dem kleinen irdischen, sogenannten deutschen Aristophanes recht grell dartun, wie die witzigsten Sarkasmen desselben nur armselige Spöttereien gewesen im Vergleich mit den seinigen, und wie kläglich ich ihm nachstehen muß im Humor, in der kolossalen Spaßmacherei.

Die Texte werden zitiert und nachgewiesen nach der ausführlich kommentierten Heine-Ausgabe der Hanser Klassiker: *Heinrich Heine, Sämtliche Schriften*. Herausgegeben von Klaus Briegleb

Band I: Buch der Lieder · Nachgelesene Gedichte 1812–1827 · Tragödien (Almansor · William Ratcliff) · Byron-Übersetzungen · Aufsätze zur Literatur 1820–1828 · Fragmente erzählender Prosa (Der Rabbi von Bacherach · Aus den Memoiren des Herren von Schnabelewopski · Florentinische Nächte). 1968. 2. Auflage 1975.
Band II (herausgegeben von Günter Häntzschel): Briefe aus Berlin 1822 · Über Polen 1823 · Reisebilder (Die Harzreise · Die Nordsee · Ideen · Das Buch Le Grand · Italien: Reise von München nach Genua, Die Bäder von Lucca, Die Stadt Lucca · Englische Fragmente) · Nachlese zu den »Reisebildern« · Aufsätze aus dem Umkreis der »Reisebilder« · Einleitung zu »Kahldorf über den Adel ...« · Pariser Vorreden zu den »Reisebildern«. 1969. 3. Auflage 1995
Band III (herausgegeben von Karl Pörnbacher): Vorrede zu »Salon I« · Verschiedenartige Geschichtsauffassung · Über Frankreich (Französische Maler · Französische Zustände · Über die französische Bühne) · Über Deutschland (Romantische Schule · Zur Geschichte der Religion und Philosophie in Deutschland · Elementargeister). 1971. 3. Auflage 1996
Band IV: Ludwig Börne. Eine Denkschrift · Einleitung zu Cervantes' »Don Quixote« · Shakespeares Mädchen und Frauen · Neue Gedichte (1852, 3. Auflage) · Nachgelesene Gedichte 1828–1844 · Atta Troll. Ein Sommernachtstraum · Deutschland. Ein Wintermärchen. 1971. 2. Auflage 1978
Band V (»Lutetia« herausgegeben von Karl Heinz Stahl): Schriftstellernöte 1832 bis 1855 · Korrespondenzartikel 1831 bis 1852 · Bruchstücke 1844 · Vor dem Zusammenbruch 1847/48 (Vorwort zu Weills »Sittengemälde« · Über die Februarrevolution 1848) · Lutetia. 1974. 2. Auflage 1984.
Band VI/1 (Gedichte herausgegeben von Walter Klaar): Romanzero · Gedichte 1853 und 1854 · Bimini · Nachgelesene Gedichte 1845 bis 1856 · Der Doktor Faust · Die Götter im Exil · Die Göttin Diana · De l'Allemagne (1855), Avant-Propos · Geständnisse · Bruchstücke nach den »Geständnissen« · Testamente · Memoiren · Aufzeichnungen. 1975. 2. Auflage 1985.
Band VI/2: Kommentar zu Band VI/1 · Anhang zur Gesamtausgabe: Dokumente · Nachträge · Bibliographie · Vier Register (Namen Sachen, Motive, Figuren). 1976. 2. Auflage 1995

Inhaltsübersicht und Quellennachweis

Von Dolf Oehler liegen zu Heine und seinem Umkreis folgende Titel vor:

Pariser Bilder 1 (1830–1848). Antibourgeoise Ästhetik bei Baudelaire, Daumier und Heine. Frankfurt am Main 1979

Ein Höllensturz der Alten Welt. Zur Selbsterforschung der Moderne nach dem Juni 1848. Frankfurt am Main 1988